Editionen für den Literaturunterricht
Herausgeber: Dietrich Steinbach

Franz Kafka
Erzählungen

mit Materialien

Auswahl der Texte und der Materialien
von Martin Pfeifer

Ernst Klett Verlag
Stuttgart Düsseldorf Leipzig

[ ] Vom Bearbeiter eingesetzte Titel und Ergänzungen.
[...] Vom Bearbeiter vorgenommene Kürzungen.
* Vom Bearbeiter eingesetzte Fußnoten.

Umschlag: Kafka 1906. Prager Tagblatt, 12. 3. 1907.

Gedruckt auf Papier aus chlorfrei gebleichtem Zellstoff, säurefrei.

1. Auflage 1 7 6 | 2003

Alle Drucke dieser Auflage können im Unterricht nebeneinander benutzt werden, sie sind untereinander unverändert. Die letzte Zahl bezeichnet das Jahr dieses Druckes.

Der Abdruck der vom Autor veröffentlichten Prosa folgt – auch hinsichtlich Rechtschreibung und Zeichensetzung – der Ausgabe Franz Kafka: Ein Landarzt (LA) und andere Drucke zu Lebzeiten. Nach der kritischen Ausgabe herausgegeben von Hans-Gerd Koch. Tb 12441. Fischer Taschenbuch Verlag GmbH, Frankfurt a. M. 1994. Die Erzählungen aus dem Nachlaß [Der Jäger Gracchus], Der Kübelreiter, [Der Nachbar] folgen der Ausgabe Franz Kafka: Beim Bau der chinesischen Mauer und anderen Schriften aus dem Nachlaß in der Fassung der Handschrift. Nach der kritischen Ausgabe herausgegeben von Hans-Gerd Koch. Tb 12446. Fischer Taschenbuch Verlag GmbH, Frankfurt a. M. 1994, S. 40–45, 46–48, 90–91. ›Das Ehepaar‹ folgt der Ausgabe Das Ehepaar und andere Schriften aus dem Nachlaß in der Fassung der Handschrift, s. o., Tb 12448, S. 133–138. Lizenzausgabe mit Genehmigung von Schocken Books Inc., New York City, USA.

Internetadresse: http://www.klett-verlag.de
Umschlag: Zembsch' Werkstatt, München.
Fotosatz: Lihs, Satz und Repro, Ludwigsburg.
Druck: Ludwig Auer GmbH, Donauwörth.
ISBN 3-12-351581-8

Inhaltsverzeichnis

Vorwort

»Einen heimlichen Meister und König der deutschen Sprache«[1] hatte Hermann Hesse schon 1925 den Dichter des ›Hungerkünstlers‹ genannt. Aber das blieb lange Zeit eine einsame Stimme, der kaum Gehör geschenkt wurde.
Doch »allmählich«, so schrieb 1959 der französische Literaturhistoriker Claude David, »hat sich sein ungewöhnliches Werk als eines der kraftvollsten des Jahrhunderts erwiesen, als eines von denen, die am besten der Sensibilität von heute entsprechen«. Und er nennt Kafka einen »der vollkommensten Schriftsteller seiner Zeit«[2].
Die Auswahl der Erzählungen Kafkas bedarf einer Begründung. Verschiedene Aspekte waren ausschlaggebend: Zum einen ging es darum, von Kafka selbst veröffentlichte Texte, aber auch solche zusammenzustellen, die aus seinem Nachlaß stammen. Zum anderen sollten sie möglichst die gesamte Schaffenszeit Kafkas umfassen. Auch sollte zumindest eine umfangreichere Erzählung in diesem Bändchen enthalten sein. Dafür steht ›Das Urteil‹.
Dem S. Fischer Verlag gilt der Dank für die freundliche Erlaubnis zum Abdruck der hier zusammengestellten Dichtungen Kafkas.

---

(1) Hermann Hesse: Franz Kafkas Nachlaß. In: Berliner Tageblatt. Nr. 427 v. 9.9.1925.
(2) Claude David: Von Richard Wagner zu Bertolt Brecht. Eine Geschichte der neueren deutschen Literatur. (Deutsche Erstausgabe.) Fischer Bücherei, Frankfurt a.M., Hamburg 1964, S.241.

I. Vom Autor veröffentlichte Prosa

Das Urteil

Es war an einem Sonntagvormittag im schönsten Frühjahr. Georg Bendemann, ein junger Kaufmann, saß in seinem Privatzimmer im ersten Stock eines der niedrigen, leichtgebauten Häuser, die entlang des Flusses in einer langen Reihe, fast nur in der Höhe und Färbung unterschieden, sich hinzogen. Er hatte gerade einen Brief an einen sich im Ausland befindenden Jugendfreund beendet, verschloß ihn in spielerischer Langsamkeit und sah dann, den Ellbogen auf den Schreibtisch gestützt, aus dem Fenster auf den Fluß, die Brücke und die Anhöhen am anderen Ufer mit ihrem schwachen Grün.

Er dachte darüber nach, wie dieser Freund, mit seinem Fortkommen zu Hause unzufrieden, vor Jahren schon nach Rußland sich förmlich geflüchtet hatte. Nun betrieb er ein Geschäft in Petersburg, das anfangs sich sehr gut angelassen hatte, seit langem aber schon zu stocken schien, wie der Freund bei seinen immer seltener werdenden Besuchen klagte. So arbeitete er sich in der Fremde nutzlos ab, der fremdartige Vollbart verdeckte nur schlecht das seit den Kinderjahren wohlbekannte Gesicht, dessen gelbe Hautfarbe auf eine sich entwickelnde Krankheit hinzudeuten schien. Wie er erzählte, hatte er keine rechte Verbindung mit der dortigen Kolonie seiner Landsleute, aber auch fast keinen gesellschaftlichen Verkehr mit einheimischen Familien und richtete sich so für ein endgültiges Junggesellentum ein.

Was wollte man einem solchen Manne schreiben, der sich offenbar verrannt hatte, den man bedauern, dem man aber nicht helfen konnte. Sollte man ihm vielleicht raten, wieder nach Hause zu kommen, seine Existenz hierher zu verlegen, alle die alten freundschaftlichen Beziehungen wieder aufzunehmen – wofür ja kein Hindernis bestand – und im übrigen auf die Hilfe der Freunde zu vertrauen? Das bedeutete aber nichts anderes, als daß man ihm gleichzeitig, je schonender, desto kränkender, sagte, daß seine bisherigen Versuche mißlungen seien, daß er endlich von ihnen ablassen solle, daß er zurückkehren und sich als ein für immer Zurückgekehrter von allen mit großen Augen anstaunen lassen müsse, daß nur seine Freunde etwas verstünden und daß er ein altes Kind sei und den erfolgreichen, zu Hause gebliebenen Freunden einfach zu folgen habe. Und war es dann noch sicher, daß alle die Plage, die man ihm antun müßte, einen Zweck hätte? Vielleicht gelang es nicht einmal, ihn überhaupt nach Hause zu bringen – er sagte ja selbst, daß er die Verhältnisse in der Heimat nicht mehr verstünde –, und so bliebe er dann trotz allem in seiner Fremde, verbittert durch die Ratschläge und den Freunden noch ein Stück mehr entfremdet. Folgte er aber wirklich dem Rat und würde hier – natürlich nicht mit Absicht, aber durch die Tatsachen – niedergedrückt, fände sich nicht in seinen Freunden und nicht ohne sie zurecht, litte an Beschämung, hätte jetzt wirklich keine Heimat und keine Freunde mehr; war es da nicht viel besser für ihn, er blieb in der Fremde, so wie er war? Konnte man denn bei solchen Umständen daran denken, daß er es hier tatsächlich vorwärts bringen würde?

Aus diesen Gründen konnte man ihm, wenn man überhaupt noch die briefliche Verbindung aufrecht erhalten wollte, keine eigentlichen Mitteilungen machen, wie man sie ohne Scheu auch den entferntesten Bekannten geben würde. Der Freund war nun schon über drei Jahre nicht in der Heimat gewesen und erklärte dies sehr notdürftig mit der Unsicherheit der politischen Verhältnisse in Rußland, die demnach also auch die kürzeste Abwesenheit eines kleinen Geschäftsmannes nicht zuließen, während hunderttausende Russen ruhig in der Welt herumfuhren. Im Laufe dieser drei Jahre hatte sich aber gerade für Georg vieles verändert. Von dem Todesfall von Georgs Mutter, der vor etwa zwei Jahren erfolgt war und seit welchem Georg mit seinem alten Vater in gemeinsamer Wirtschaft lebte, hatte der Freund wohl noch erfahren und sein Beileid in einem Brief mit einer Trockenheit ausgedrückt, die ihren Grund nur darin haben konnte, daß die Trauer über ein solches Ereignis in der Fremde ganz unvorstellbar wird. Nun hatte aber Georg seit jener Zeit, so wie alles andere, auch sein Geschäft mit größerer Entschlossenheit angepackt. Vielleicht hatte ihn der Vater bei Lebzeiten der Mutter dadurch, daß er im Geschäft nur seine Ansicht gelten lassen wollte, an einer wirklichen eigenen Tätigkeit gehindert. Vielleicht war der Vater seit dem Tode der Mutter, trotzdem er noch immer im Geschäft arbeitete, zurückhaltender geworden, vielleicht spielten – was sogar sehr wahrscheinlich war – glückliche Zufälle eine weit wichtigere Rolle, jedenfalls aber hatte sich das Geschäft in diesen zwei Jahren ganz unerwartet entwickelt. Das Personal hatte man verdoppeln müssen, der Umsatz sich verfünffacht, ein weiterer Fortschritt stand zweifellos bevor.

Der Freund aber hatte keine Ahnung von dieser Veränderung. Früher, zum letztenmal vielleicht in jenem Beileidsbrief, hatte er Georg zur Auswanderung nach Rußland überreden wollen und sich über die Aussichten verbreitet, die gerade für Georgs Geschäftszweig in Petersburg bestanden. Die Ziffern waren verschwindend gegenüber dem Umfang, den Georgs Geschäft jetzt angenommen hatte. Georg aber hatte keine Lust gehabt, dem Freund von seinen geschäftlichen Erfolgen zu schreiben, und jetzt nachträglich hätte wirklich einen merkwürdigen Anschein gehabt.

So beschränkte sich Georg darauf, dem Freund immer nur über bedeutungslose Vorfälle zu schreiben, wie sie sich, wenn man an einem ruhigen Sonntag nachdenkt, in der Erinnerung ungeordnet aufhäufen. Er wollte nichts anderes, als die Vorstellung ungestört lassen, die sich der Freund von der Heimatstadt in der langen Zwischenzeit wohl gemacht und mit welcher er sich abgefunden hatte. So geschah es Georg, daß er dem Freund die Verlobung eines gleichgültigen Menschen mit einem ebenso gleichgültigen Mädchen dreimal in ziemlich weit auseinanderliegenden Briefen anzeigte, bis sich dann allerdings der Freund, ganz gegen Georgs Absicht, für diese Merkwürdigkeit zu interessieren begann.

Georg schrieb ihm aber solche Dinge viel lieber, als daß er zugestanden hätte, daß er selbst vor einem Monat mit einem Fräulein Frieda Brandenfeld, einem Mädchen aus wohlhabender Familie, sich verlobt hatte. Oft sprach er mit seiner Braut über diesen Freund und das besondere Korrespondenzverhältnis, in welchem er zu ihm stand. »Er wird also gar nicht zu unserer Hochzeit kommen«, sagte sie, »und ich habe doch das Recht, alle deine Freunde kennen zu lernen.« »Ich will ihn nicht stören«, antwortete Georg, »verstehe mich recht, er würde wahrscheinlich kommen, wenigstens glaube ich es, aber er würde sich gezwungen und geschädigt fühlen, vielleicht mich beneiden und sicher unzufrieden und unfähig, diese Unzufriedenheit jemals zu beseitigen, allein wieder zurückfahren. Allein – weißt du, was das ist?« »Ja, kann er denn von unserer Heirat nicht auch auf andere Weise erfahren?« »Das kann ich allerdings nicht verhindern, aber es ist bei seiner Lebensweise unwahrscheinlich.« »Wenn du solche Freunde hast, Georg, hättest du dich überhaupt nicht verloben sollen.« »Ja, das ist unser beider Schuld; aber ich wollte es auch jetzt nicht anders haben.« Und wenn sie dann, rasch atmend unter seinen Küssen, noch vorbrachte: »Eigentlich kränkt es mich doch«, hielt er es wirklich für unverfänglich, dem Freund alles zu schreiben. »So bin ich und so hat er mich hinzunehmen«, sagte er sich, »ich kann nicht aus mir einen Menschen herausschneiden, der vielleicht für die Freundschaft mit ihm geeigneter wäre, als ich es bin.«

Und tatsächlich berichtete er seinem Freunde in dem langen Brief, den er an diesem Sonntagvormittag schrieb, die erfolgte Verlobung mit folgenden Worten: »Die beste Neuigkeit habe ich mir bis zum Schluß aufgespart. Ich habe mich mit einem Fräulein Frieda Brandenfeld verlobt, einem Mädchen aus einer wohlhabenden Familie, die sich hier erst lange nach Deiner Abreise angesiedelt hat, die Du also kaum kennen dürftest. Es wird sich noch Gelegenheit finden, Dir Näheres über meine Braut mitzuteilen, heute genüge Dir, daß ich recht glücklich bin und daß sich in unserem gegenseitigen Verhältnis nur insofern etwas geändert hat, als Du jetzt in mir statt eines ganz gewöhnlichen Freundes einen glücklichen Freund haben wirst. Außerdem bekommst Du in meiner Braut, die Dich herzlich grüßen läßt, und die Dir nächstens selbst schreiben wird, eine aufrichtige Freundin, was für einen Junggesellen nicht ganz ohne Bedeutung ist. Ich weiß, es hält Dich vielerlei von einem Besuche bei uns zurück. Wäre aber nicht gerade meine Hochzeit die richtige Gelegenheit, einmal alle Hindernisse über den Haufen zu werfen? Aber wie dies auch sein mag, handle ohne alle Rücksicht und nur nach Deiner Wohlmeinung.«

Mit diesem Brief in der Hand war Georg lange, das Gesicht dem Fenster zugekehrt, an seinem Schreibtisch gesessen. Einem Bekannten, der ihn im Vorübergehen von der Gasse aus gegrüßt hatte, hatte er kaum mit einem abwesenden Lächeln geantwortet.

Endlich steckte er den Brief in die Tasche und ging aus seinem Zimmer quer durch einen kleinen Gang in das Zimmer seines Vaters, in dem er schon seit Monaten nicht gewesen war. Es bestand auch sonst keine Nötigung dazu, denn er verkehrte mit seinem Vater ständig im Geschäft. Das Mittagessen nahmen sie gleichzeitig in einem Speisehaus ein, abends versorgte sich zwar jeder nach Belieben; doch saßen sie dann noch ein Weilchen, meistens jeder mit seiner Zeitung, im gemeinsamen Wohnzimmer, wenn nicht Georg, wie es am häufigsten geschah, mit Freunden beisammen war oder jetzt seine Braut besuchte.

Georg staunte darüber, wie dunkel das Zimmer des Vaters selbst an diesem sonnigen Vormittag war. Einen solchen Schatten warf also die hohe Mauer, die sich jenseits des schmalen Hofes erhob. Der Vater saß beim Fenster in einer Ecke, die mit verschiedenen Andenken an die selige Mutter ausgeschmückt war, und las die Zeitung, die er seitlich vor die Augen hielt, wodurch er irgend eine Augenschwäche auszugleichen suchte. Auf dem Tisch standen die Reste des Frühstücks, von dem nicht viel verzehrt zu sein schien.

»Ah, Georg!« sagte der Vater und ging ihm gleich entgegen. Sein schwerer Schlafrock öffnete sich im Gehen, die

Enden umflatterten ihn – »mein Vater ist noch immer ein Riese«, dachte sich Georg.

»Hier ist es ja unerträglich dunkel«, sagte er dann.

»Ja, dunkel ist es schon«, antwortete der Vater.

»Das Fenster hast du auch geschlossen?«

»Ich habe es lieber so.«

»Es ist ja ganz warm draußen«, sagte Georg, wie im Nachhang zu dem Früheren, und setzte sich.

Der Vater räumte das Frühstücksgeschirr ab und stellte es auf einen Kasten.

»Ich wollte dir eigentlich nur sagen«, fuhr Georg fort, der den Bewegungen des alten Mannes ganz verloren folgte, »daß ich nun doch nach Petersburg meine Verlobung angezeigt habe.« Er zog den Brief ein wenig aus der Tasche und ließ ihn wieder zurückfallen.

»Nach Petersburg?« fragte der Vater.

»Meinem Freunde doch«, sagte Georg und suchte des Vaters Augen. – »Im Geschäft ist er doch ganz anders«, dachte er, »wie er hier breit sitzt und die Arme über der Brust kreuzt.«

»Ja. Deinem Freunde«, sagte der Vater mit Betonung.

»Du weißt doch, Vater, daß ich ihm meine Verlobung zuerst verschweigen wollte. Aus Rücksichtnahme, aus keinem anderen Grunde sonst. Du weißt selbst, er ist ein schwieriger Mensch. Ich sagte mir, von anderer Seite kann er von meiner Verlobung wohl erfahren, wenn das auch bei seiner einsamen Lebensweise kaum wahrscheinlich ist – das kann ich nicht hindern –, aber von mir selbst soll er es nun einmal nicht erfahren.«

»Und jetzt hast du es dir wieder anders überlegt?« fragte der Vater, legte die große Zeitung auf den Fensterbord und auf die Zeitung die Brille, die er mit der Hand bedeckte.

»Ja, jetzt habe ich es mir wieder überlegt. Wenn er mein guter Freund ist, sagte ich mir, dann ist meine glückliche Verlobung auch für ihn ein Glück. Und deshalb habe ich nicht mehr gezögert, es ihm anzuzeigen. Ehe ich jedoch den Brief einwarf, wollte ich es dir sagen.«

»Georg«, sagte der Vater und zog den zahnlosen Mund in die Breite, »hör' einmal! Du bist wegen dieser Sache zu mir gekommen, um dich mit mir zu beraten. Das ehrt dich ohne Zweifel. Aber es ist nichts, es ist ärger als nichts, wenn du mir jetzt nicht die volle Wahrheit sagst. Ich will nicht Dinge aufrühren, die nicht hierher gehören. Seit dem Tode unserer teueren Mutter sind gewisse unschöne Dinge vorgegangen. Vielleicht kommt auch für sie die Zeit und vielleicht kommt sie früher, als wir denken. Im Geschäft entgeht mir manches, es wird mir vielleicht nicht verborgen – ich will jetzt gar nicht die Annahme machen, daß es mir verborgen wird –, ich bin nicht mehr kräftig genug, mein Gedächtnis läßt nach. Ich habe nicht mehr den Blick für alle die vielen Sachen. Das ist erstens der Ablauf der Natur, und zweitens hat mich der Tod unseres Mütterchens viel mehr niedergeschlagen als dich. – Aber weil wir gerade bei dieser Sache sind, bei diesem Brief, so bitte ich dich Georg, täusche mich nicht. Es ist eine Kleinigkeit, es ist nicht des Atems wert, also täusche mich nicht. Hast du wirklich diesen Freund in Petersburg?«

Georg stand verlegen auf. »Lassen wir meine Freunde sein. Tausend Freunde ersetzen mir nicht meinen Vater. Weißt du, was ich glaube? Du schonst dich nicht genug. Aber das Alter verlangt seine Rechte. Du bist mir im Geschäft unentbehrlich, das weißt du ja sehr genau; aber wenn das Geschäft deine Gesundheit bedrohen sollte, sperre ich es noch morgen für immer. Das geht nicht. Wir müssen da eine andere Lebensweise für dich einführen. Aber von Grund aus. Du sitzt hier im Dunkel, und im Wohnzimmer hättest du schönes Licht. Du nippst vom Frühstück, statt dich ordentlich zu stärken. Du sitzt bei geschlossenem Fenster, und die Luft würde dir so gut tun. Nein Vater! Ich werde den Arzt holen und seine Vorschriften werden wir befolgen. Die Zimmer werden wir wechseln, du wirst ins Vorderzimmer ziehen, ich hierher. Es wird keine Veränderung für dich sein, alles wird mit hinübergetragen. Aber das alles hat Zeit, jetzt lege dich noch ein wenig ins Bett, du brauchst unbedingt Ruhe. Komm, ich werde dir beim Ausziehn helfen, du wirst sehn, ich kann es. Oder willst du gleich ins Vorderzimmer gehn, dann legst du dich vorläufig in mein Bett. Das wäre übrigens sehr vernünftig.«

Georg stand knapp neben seinem Vater, der den Kopf mit dem struppigen weißen Haar auf die Brust hatte sinken lassen.

»Georg«, sagte der Vater leise, ohne Bewegung.

Georg kniete sofort neben dem Vater nieder, er sah die Pupillen in dem müden Gesicht des Vaters übergroß in den Winkeln der Augen auf sich gerichtet.

»Du hast keinen Freund in Petersburg. Du bist immer ein Spaßmacher gewesen und hast dich auch mir gegenüber nicht zurückgehalten. Wie solltest du denn gerade dort einen Freund haben! Das kann ich gar nicht glauben.«

»Denk doch noch einmal nach, Vater«, sagte Georg, hob den Vater vom Sessel und zog ihm, wie er nun doch recht schwach dastand, den Schlafrock aus, »jetzt wird es bald drei Jahre her sein, da war ja mein Freund bei uns zu Besuch. Ich erinnere mich noch, daß du ihn nicht besonders gern hattest. Wenigstens zweimal habe ich ihn vor dir verleugnet, trotzdem er gerade bei mir im Zimmer saß. Ich konnte ja deine Abneigung gegen ihn ganz gut verstehn, mein Freund hat seine Eigentümlichkeiten. Aber dann hast du dich doch auch wieder ganz gut mit ihm unterhalten. Ich war damals noch so stolz darauf, daß du ihm zuhörtest, nicktest und fragtest. Wenn du nachdenkst, mußt du dich erinnern. Er erzählte damals unglaubliche Geschichten von der russischen Revolution. Wie er z.B. auf einer Geschäftsreise in Kiew bei einem Tumult einen Geistlichen auf einem Balkon gesehen hatte, der sich ein breites Blutkreuz in die flache Hand schnitt, diese Hand erhob und die Menge anrief. Du hast ja selbst diese Geschichte hie und da wiedererzählt.«

Währenddessen war es Georg gelungen, den Vater wieder niederzusetzen und ihm die Trikothose, die er über den Leinenunterhosen trug, sowie die Socken vorsichtig auszuziehn. Beim Anblick der nicht besonders reinen Wäsche machte er sich Vorwürfe, den Vater vernachlässigt zu haben. Es wäre sicherlich auch seine Pflicht gewesen, über den Wäschewechsel seines Vaters zu wachen. Er hatte mit seiner Braut darüber noch nicht ausdrücklich gesprochen, wie sie die Zukunft des Vaters einrichten wollten, aber sie hatten stillschweigend vorausgesetzt, daß der Vater allein in der alten Wohnung bleiben würde. Doch jetzt entschloß er sich kurz mit aller Bestimmtheit, den Vater in seinen künftigen Haushalt mitzunehmen. Es schien ja fast, wenn man genauer zusah, daß die Pflege, die dort dem Vater bereitet werden sollte, zu spät kommen könnte.

Auf seinen Armen trug er den Vater ins Bett. Ein schreckliches Gefühl hatte er, als er während der paar Schritte zum Bett hin merkte, daß an seiner Brust der Vater mit seiner Uhrkette spiele. Er konnte ihn nicht gleich ins Bett legen, so fest hielt er sich an dieser Uhrkette.

Kaum war er aber im Bett, schien alles gut. Er deckte sich selbst zu und zog dann die Bettdecke noch besonders weit über die Schulter. Er sah nicht unfreundlich zu Georg hinauf.

»Nicht wahr, du erinnerst dich schon an ihn?« fragte Georg und nickte ihm aufmunternd zu.

»Bin ich jetzt gut zugedeckt?« fragte der Vater, als könne er nicht nachschauen, ob die Füße genug bedeckt seien.

»Es gefällt dir also schon im Bett«, sagte Georg und legte das Deckzeug besser um ihn.

»Bin ich gut zugedeckt?« fragte der Vater noch einmal und schien auf die Antwort besonders aufzupassen.

»Sei nur ruhig, du bist gut zugedeckt.«

»Nein!« rief der Vater, daß die Antwort an die Frage stieß, warf die Decke zurück mit einer Kraft, daß sie einen Augenblick im Fluge sich ganz entfaltete, und stand aufrecht im Bett. Nur eine Hand hielt er leicht an den Plafond. »Du wolltest mich zudecken, das weiß ich, mein Früchtchen, aber zugedeckt bin ich noch nicht. Und ist es auch die letzte Kraft, genug für dich, zuviel für dich! Wohl kenne ich deinen Freund. Er wäre ein Sohn nach meinem Herzen. Darum hast du ihn auch betrogen die ganzen Jahre lang. Warum sonst? Glaubst du, ich habe nicht um ihn geweint? Darum doch sperrst du dich in dein Bureau, niemand soll stören, der Chef ist beschäftigt – nur damit du deine falschen Briefchen nach Rußland schreiben kannst.

Aber den Vater muß glücklicherweise niemand lehren, den Sohn zu durchschauen. Wie du jetzt geglaubt hast, du hättest ihn untergekriegt, so untergekriegt, daß du dich mit deinem Hintern auf ihn setzen kannst und er rührt sich nicht, da hat sich mein Herr Sohn zum Heiraten entschlossen!«

Georg sah zum Schreckbild seines Vaters auf. Der Petersburger Freund, den der Vater plötzlich so gut kannte, ergriff ihn, wie noch nie. Verloren im weiten Rußland sah er ihn. An der Türe des leeren, ausgeraubten Geschäftes sah er ihn. Zwischen den Trümmern der Regale, den zerfetzten Waren, den fallenden Gasarmen stand er gerade noch. Warum hatte er so weit wegfahren müssen!

»Aber schau mich an!« rief der Vater, und Georg lief, fast zerstreut, zum Bett, um alles zu fassen, stockte aber in der Mitte des Weges.

»Weil sie die Röcke gehoben hat«, fing der Vater zu flöten an, »weil sie die Röcke so gehoben hat, die widerliche Gans«, und er hob, um das darzustellen, sein Hemd so hoch, daß man auf seinem Oberschenkel die Narbe aus seinen Kriegsjahren sah, »weil sie die Röcke so und so und so gehoben hat, hast du dich an sie herangemacht, und damit du an ihr ohne Störung dich befriedigen kannst, hast du unserer Mutter Andenken geschändet, den Freund verraten und deinen Vater ins Bett gesteckt, damit er sich nicht rühren kann. Aber kann er sich rühren oder nicht?«

Und er stand vollkommen frei und warf die Beine. Er strahlte vor Einsicht.

Georg stand in einem Winkel, möglichst weit vom Vater. Vor einer langen Weile hatte er sich fest entschlossen, alles vollkommen genau zu beobachten, damit er nicht irgendwie auf Umwegen, von hinter her, von oben herab überrascht werden könne. Jetzt erinnerte er sich wieder an den längst vergessenen Entschluß und vergaß ihn, wie man einen kurzen Faden durch ein Nadelöhr zieht.

»Aber der Freund ist nun doch nicht verraten!« rief der Vater, und sein hin- und herbewegter Zeigefinger bekräftigte es. »Ich war sein Vertreter hier am Ort.«

»Komödiant!« konnte sich Georg zu rufen nicht enthalten, erkannte sofort den Schaden und biß, nur zu spät, – die Augen erstarrt – in seine Zunge, daß er vor Schmerz einknickte.

»Ja, freilich habe ich Komödie gespielt! Komödie! Gutes Wort! Welcher andere Trost blieb dem alten verwitweten Vater? Sag – und für den Augenblick der Antwort sei du noch mein lebender Sohn –, was blieb mir übrig, in meinem Hinterzimmer, verfolgt vom ungetreuen Personal, alt bis in die Knochen? Und mein Sohn ging im Jubel durch die Welt, schloß Geschäfte ab, die ich vorbereitet hatte, überpurzelte sich vor Vergnügen und ging vor seinem Vater mit dem verschlossenen Gesicht eines Ehrenmannes davon! Glaubst du, ich hätte dich nicht geliebt, ich, von dem du ausgingst?«

»Jetzt wird er sich vorbeugen«, dachte Georg, »wenn er fiele und zerschmetterte!« Dieses Wort durchzischte seinen Kopf.

Der Vater beugte sich vor, fiel aber nicht. Da Georg sich nicht näherte, wie er erwartet hatte, erhob er sich wieder.

»Bleib, wo du bist, ich brauche dich nicht! Du denkst, du hast noch die Kraft, hierher zu kommen und hältst dich bloß zurück, weil du so willst. Daß du dich nicht irrst! Ich bin noch immer der viel Stärkere. Allein hätte ich vielleicht zurückweichen müssen, aber so hat mir die Mutter ihre Kraft abgegeben, mit deinem Freund habe ich mich herrlich verbunden, deine Kundschaft habe ich hier in der Tasche!«

»Sogar im Hemd hat er Taschen!« sagte sich Georg und glaubte, er könne ihn mit dieser Bemerkung in der ganzen Welt unmöglich machen. Nur einen Augenblick dachte er das, denn immerfort vergaß er alles.

»Häng dich nur in deine Braut ein und komm mir entgegen! Ich fege sie dir von der Seite weg, du weißt nicht wie!«

Georg machte Grimassen, als glaube er das nicht. Der Vater nickte bloß, die Wahrheit dessen beteuernd, was er sagte, in Georgs Ecke hin.

»Wie hast du mich doch heute unterhalten, als du kamst und fragtest, ob du deinem Freund von der Verlobung schreiben sollst. Er weiß doch alles, dummer Junge, er weiß doch alles! Ich schrieb ihm doch, weil du vergessen hast, mir das Schreibzeug wegzunehmen. Darum kommt er schon seit Jahren nicht, er weiß ja alles hundertmal besser als du selbst. Deine Briefe zerknüllt er ungelesen in der linken Hand, während er in der Rechten meine Briefe zum Lesen sich vorhält!«

Seinen Arm schwang er vor Begeisterung über dem Kopf. »Er weiß alles tausendmal besser!« rief er.

»Zehntausendmal!« sagte Georg, um den Vater zu verlachen, aber noch in seinem Munde bekam das Wort einen todernsten Klang.

»Seit Jahren passe ich schon auf, daß du mit dieser Frage kämest! Glaubst du, mich kümmert etwas anderes? Glaubst du, ich lese Zeitungen? Da!« und er warf Georg ein Zeitungsblatt, das irgendwie mit ins Bett getragen worden war, zu. Eine alte Zeitung, mit einem Georg schon ganz unbekannten Namen.

»Wie lange hast du gezögert, ehe du reif geworden bist! Die Mutter mußte sterben, sie konnte den Freudentag nicht erleben, der Freund geht zugrunde in seinem Rußland, schon vor drei Jahren war er gelb zum Wegwerfen, und ich, du siehst ja, wie es mit mir steht. Dafür hast du doch Augen!«

»Du hast mir also aufgelauert!« rief Georg.

Mitleidig sagte der Vater nebenbei: »Das wolltest du wahrscheinlich früher sagen. Jetzt paßt es ja gar nicht mehr.«

Und lauter: »Jetzt weißt du also, was es noch außer dir gab, bisher wußtest du nur von dir! Ein unschuldiges Kind warst du ja eigentlich, aber noch eigentlicher warst du ein teuflischer Mensch! – Und darum wisse: Ich verurteile dich jetzt zum Tode des Ertrinkens!«

Georg fühlte sich aus dem Zimmer gejagt, den Schlag, mit dem der Vater hinter ihm aufs Bett stürzte, trug er noch in den Ohren davon. Auf der Treppe, über deren Stufen er wie über eine schiefe Fläche eilte, überrumpelte er seine

Bedienerin, die im Begriffe war heraufzugehen, um die Wohnung nach der Nacht aufzuräumen. »Jesus!« rief sie und verdeckte mit der Schürze das Gesicht, aber er war schon davon. Aus dem Tor sprang er, über die Fahrbahn zum Wasser trieb es ihn. Schon hielt er das Geländer fest, wie ein Hungriger die Nahrung. Er schwang sich über, als der ausgezeichnete Turner, der er in seinen Jugendjahren zum Stolz seiner Eltern gewesen war. Noch hielt er sich mit schwächer werdenden Händen fest, erspähte zwischen den Geländerstangen einen Autoomnibus, der mit Leichtigkeit seinen Fall übertönen würde, rief leise: »Liebe Eltern, ich habe euch doch immer geliebt«, und ließ sich hinabfallen.

In diesem Augenblick ging über die Brücke ein geradezu unendlicher Verkehr. *(LA S. 39–52. September 1912)*

Ein Landarzt

Ich war in großer Verlegenheit: eine dringende Reise stand mir bevor; ein Schwerkranker wartete auf mich in einem zehn Meilen entfernten Dorfe; starkes Schneegestöber füllte den weiten Raum zwischen mir und ihm; einen Wagen hatte ich, leicht, großräderig, ganz wie er für unsere Landstraßen taugt; in den Pelz gepackt, die Instrumententasche in der Hand, stand ich reisefertig schon auf dem Hofe; aber das Pferd fehlte, das Pferd. Mein eigenes Pferd war in der letzten Nacht, infolge der Überanstrengung in diesem eisigen Winter, verendet; mein Dienstmädchen lief jetzt im Dorf umher, um ein Pferd geliehen zu bekommen; aber es war aussichtslos, ich wußte es, und immer mehr vom Schnee überhäuft, immer unbeweglicher werdend, stand ich zwecklos da. Am Tor erschien das Mädchen, allein, schwenkte die Laterne; natürlich, wer leiht jetzt sein Pferd her zu solcher Fahrt? Ich durchmaß noch einmal den Hof; ich fand keine Möglichkeit; zerstreut, gequält stieß ich mit dem Fuß an die brüchige Tür des schon seit Jahren unbenützten Schweinestalles. Sie öffnete sich und klappte in den Angeln auf und zu. Wärme und Geruch wie von Pferden kam hervor. Eine trübe Stallaterne schwankte drin an einem Seil. Ein Mann, zusammengekauert in dem niedrigen Verschlag, zeigte sein offenes blauäugiges Gesicht. »Soll ich anspannen?« fragte er, auf allen Vieren hervorkriechend. Ich wußte nichts zu sagen und beugte mich nur, um zu sehen, was es noch in dem Stalle gab. Das Dienstmädchen stand neben mir. »Man weiß nicht, was für Dinge man im eigenen Hause vorrätig hat«, sagte es, und wir beide lachten. »Hollah, Bruder, hollah, Schwester!« rief der Pferdeknecht, und zwei Pferde, mächtige flankenstarke Tiere schoben sich hintereinander, die Beine eng am Leib, die wohlgeformten Köpfe wie Kamele senkend, nur durch die Kraft der Wendungen ihres Rumpfes aus dem Türloch, das sie restlos ausfüllten. Aber gleich standen sie aufrecht, hochbeinig, mit dicht ausdampfendem Körper. »Hilf ihm«, sagte ich, und das willige Mädchen eilte, dem Knecht das Geschirr des Wagens zu reichen. Doch kaum war es bei ihm, umfaßt es der Knecht und schlägt sein Gesicht an ihres. Es schreit auf und flüchtet sich zu mir; rot eingedrückt sind zwei Zahnreihen in des Mädchens Wange. »Du Vieh«, schreie ich wütend, »willst du die Peitsche?« besinne mich aber gleich, daß es ein Fremder ist; daß ich nicht weiß, woher er kommt, und daß er mir freiwillig aushilft, wo alle andern versagen. Als wisse er von meinen Gedanken, nimmt er meine Drohung nicht übel, sondern wendet sich nur einmal, immer mit den Pferden beschäftigt, nach mir um. »Steigt ein«, sagt er dann, und tatsächlich: alles ist bereit. Mit so schönem Gespann, das merke ich, bin ich noch nie gefahren und ich steige fröhlich ein. »Kutschieren werde aber ich, du kennst nicht den Weg«, sage ich. »Gewiß«, sagt er, »ich fahre gar nicht mit, ich bleibe bei Rosa.« »Nein«, schreit Rosa und läuft im richtigen Vorgefühl der Unabwendbarkeit ihres Schicksals ins Haus; ich höre die Türkette klirren, die sie vorlegt; ich höre das Schloß einspringen; ich sehe, wie sie überdies im Flur und weiterjagend durch die Zimmer alle Lichter verlöscht, um sich unauffindbar zu machen. »Du fährst mit«, sage ich zu dem Knecht, »oder ich verzichte auf die Fahrt, so dringend sie auch ist. Es fällt mir nicht ein, dir für die Fahrt das Mädchen als Kaufpreis hinzugeben.« »Munter!« sagt er; klatscht in die Hände; der Wagen wird fortgerissen, wie Holz in die Strömung; noch höre ich, wie die Tür meines Hauses unter dem Ansturm des Knechtes birst und splittert, dann sind mir Augen und Ohren von einem zu allen Sinnen gleichmäßig dringenden Sausen erfüllt. Aber auch das nur einen Augenblick, denn, als öffne sich unmittelbar vor meinem Hoftor der Hof meines Kranken, bin ich schon dort; ruhig stehen die Pferde; der Schneefall hat aufgehört; Mondlicht ringsum; die Eltern des Kranken eilen aus dem Haus; seine Schwester hinter ihnen; man hebt mich fast aus dem Wagen; den verwirrten Reden entnehme ich nichts; im Krankenzimmer ist die Luft kaum atembar; der vernachlässigte Herdofen raucht; ich werde das Fenster aufstoßen; zuerst aber will ich den Kranken sehen. Mager, ohne Fieber, nicht kalt, nicht warm, mit leeren Augen, ohne Hemd hebt sich der Junge unter dem Federbett, hängt sich an meinen Hals, flüstert mir ins Ohr: »Doktor, laß mich sterben.« Ich sehe mich um; niemand hat es gehört; die Eltern stehen stumm vorgebeugt und erwarten mein Urteil; die Schwester hat einen Stuhl für meine Handtasche gebracht. Ich öffne die Tasche und suche unter meinen Instrumenten; der Junge tastet immerfort aus dem Bett nach mir hin, um mich an seine Bitte zu erinnern; ich fasse eine Pinzette, prüfe sie im Kerzenlicht und lege sie wieder hin. »Ja«, denke ich lästernd, »in solchen Fällen helfen die Götter, schicken das fehlende Pferd, fügen der Eile wegen noch ein zweites hinzu, spenden zum Übermaß noch den Pferdeknecht –« Jetzt erst fällt mir wieder Rosa ein; was tue ich, wie rette ich sie, wie ziehe ich sie unter diesem Pferdeknecht hervor, zehn Meilen von ihr entfernt, unbeherrschbare Pferde vor meinem Wagen? Diese Pferde, die jetzt die Riemen irgendwie gelockert haben; die Fenster, ich weiß nicht wie, von außen aufstoßen; jedes durch ein Fenster den Kopf stecken und, unbeirrt durch den Aufschrei der Familie, den Kranken betrachten. »Ich fahre gleich wieder zurück«, denke ich, als forderten mich die Pferde zur Reise auf, aber ich dulde es, daß die Schwester, die mich durch die Hitze betäubt glaubt, den Pelz mir abnimmt. Ein Glas Rum wird mir bereitgestellt, der Alte klopft mir auf die Schulter, die Hingabe seines Schatzes rechtfertigt diese Vertraulichkeit. Ich schüttle den Kopf; in dem engen Denkkreis des Alten würde mir übel; nur aus diesem Grunde lehne ich es ab zu trinken. Die Mutter steht am Bett und lockt mich hin; ich folge und lege, während ein Pferd laut zur Zimmerdecke wiehert, den Kopf an die Brust des Jungen, der unter meinem nassen Bart erschauert. Es bestätigt sich, was ich weiß: der Junge ist gesund, ein wenig schlecht durchblutet, von der sorgenden Mutter mit Kaffee durchtränkt, aber gesund und am besten mit einem Stoß aus dem Bett zu treiben. Ich bin kein Weltverbesserer und lasse ihn liegen. Ich bin vom Bezirk angestellt und tue meine Pflicht bis zum Rand, bis dorthin, wo es fast zu viel wird. Schlecht bezahlt, bin ich doch freigebig und hilfsbereit gegenüber den Armen. Noch für Rosa muß ich sorgen, dann mag der Junge recht haben und auch ich will sterben. Was tue ich hier in diesem endlosen Winter! Mein Pferd ist verendet, und da ist niemand im Dorf, der mir seines leiht. Aus dem Schweinestall muß ich mein Gespann ziehen; wären es nicht zufällig Pferde, müßte ich mit Säuen fahren. So ist es. Und ich nicke der Familie zu. Sie wissen nichts davon, und wenn sie es wüßten, würden sie es nicht glauben. Rezepte schreiben ist leicht, aber im übrigen sich mit den Leuten verständigen, ist schwer. Nun, hier wäre also mein Besuch zu Ende, man hat mich wieder einmal unnötig bemüht, daran bin ich gewöhnt, mit Hilfe meiner Nachtglocke martert mich der ganze Bezirk, aber daß ich diesmal auch noch Rosa hingeben mußte, dieses schöne Mädchen, das jahrelang, von mir kaum beachtet, in meinem Hause lebte – dieses Opfer ist zu groß, und ich muß es mir mit Spitzfindigkeiten aushilfsweise in meinem Kopf irgendwie zurechtlegen, um nicht auf diese Familie loszufahren, die mir ja beim besten Willen Rosa nicht zurückgeben kann. Als ich aber meine Handtasche schließe und nach meinem Pelz winke, die Familie beisammensteht, der Vater schnuppernd über dem Rumglas in seiner Hand, die Mutter, von mir wahrscheinlich enttäuscht – ja, was erwartet denn das Volk? – tränenvoll in die Lippen beißend und die Schwester ein schwer blutiges Handtuch schwenkend, bin ich irgendwie bereit, unter Umständen zuzugeben, daß der Junge doch vielleicht krank ist. Ich gehe zu ihm, er lächelt mir entgegen, als brächte ich ihm etwa die allerstärkste Suppe – ach, jetzt wiehern beide Pferde; der Lärm soll wohl, höhern Orts angeordnet, die Untersuchung erleichtern – und nun finde ich: ja, der Junge ist krank. In seiner rechten Seite, in der Hüftengegend hat sich eine handtellergroße Wunde aufgetan. Rosa, in vielen Schattierungen, dunkel in der Tiefe, hellwerdend zu den Rändern, zartkörnig, mit ungleichmäßig sich aufsammelndem Blut, offen wie ein Bergwerk obertags. So aus der Entfernung. In der Nähe zeigt sich noch eine Erschwerung. Wer kann das ansehen ohne leise zu pfeifen? Würmer, an Stärke und Länge meinem kleinen Finger gleich, rosig aus eigenem und außerdem blutbespritzt, winden sich, im Innern der Wunde festgehalten, mit weißen Köpfchen, mit vielen Beinchen ans Licht. Armer Junge, dir ist nicht zu helfen. Ich habe deine große Wunde aufgefunden; an dieser Blume in deiner Seite gehst du zugrunde. Die Familie ist glücklich, sie sieht mich in Tätigkeit; die Schwester sagt's der Mutter, die Mutter dem Vater, der Vater einigen Gästen, die auf den Fußspitzen, mit ausgestreckten Armen balancierend, durch den Mondschein der offenen Tür hereinkommen. »Wirst du mich retten?« flüstert schluchzend der Junge, ganz geblendet durch das Leben in seiner Wunde. So sind die Leute in meiner Gegend. Immer das Unmögliche vom Arzt verlangen. Den alten Glauben haben sie verloren; der Pfarrer sitzt zu Hause und zerzupft die Meßgewänder, eines nach dem andern; aber der Arzt soll alles leisten mit seiner zarten chirurgischen Hand. Nun, wie es beliebt: ich habe mich nicht angeboten; verbraucht ihr mich zu heiligen Zwecken, lasse ich auch das mit mir geschehen; was will ich Besseres, alter Landarzt, meines Dienstmädchens beraubt! Und sie kommen, die Familie und die Dorfältesten, und entkleiden mich; ein Schulchor mit dem Lehrer an der

Spitze steht vor dem Haus und singt eine äußerst einfache Melodie auf den Text:

»Entkleidet ihn, dann wird er heilen,
Und heilt er nicht, so tötet ihn!
'Sist nur ein Arzt, 'sist nur ein Arzt.«

Dann bin ich entkleidet und sehe, die Finger im Barte, mit geneigtem Kopf die Leute ruhig an. Ich bin durchaus gefaßt und allen überlegen und bleibe es auch, trotzdem es mir nichts hilft, denn jetzt nehmen sie mich beim Kopf und bei den Füßen und tragen mich ins Bett. Zur Mauer, an die Seite der Wunde legen sie mich. Dann gehen alle aus der Stube; die Tür wird zugemacht; der Gesang verstummt; Wolken treten vor den Mond; warm liegt das Bettzeug um mich; schattenhaft schwanken die Pferdeköpfe in den Fensterlöchern. »Weißt du«, höre ich, mir ins Ohr gesagt, »mein Vertrauen zu dir ist sehr gering. Du bist ja auch nur irgendwo abgeschüttelt, kommst nicht auf eigenen Füßen. Statt zu helfen, engst du mir mein Sterbebett ein. Am liebsten kratzte ich dir die Augen aus.« »Richtig«, sage ich, »es ist eine Schmach. Nun bin ich aber Arzt. Was soll ich tun? Glaube mir, es wird auch mir nicht leicht.« »Mit dieser Entschuldigung soll ich mich begnügen? Ach, ich muß wohl. Immer muß ich mich begnügen. Mit einer schönen Wunde kam ich auf die Welt; das war meine ganze Ausstattung.« »Junger Freund«, sage ich, »dein Fehler ist: du hast keinen Überblick. Ich, der ich schon in allen Krankenstuben, weit und breit, gewesen bin, sage dir: deine Wunde ist so übel nicht. Im spitzen Winkel mit zwei Hieben der Hacke geschaffen. Viele bieten ihre Seite an und hören kaum die Hacke im Forst, geschweige denn, daß sie ihnen näher kommt.« »Ist es wirklich so oder täuschest du mich im Fieber?« »Es ist wirklich so, nimm das Ehrenwort eines Amtsarztes mit hinüber.« Und er nahm's und wurde still. Aber jetzt war es Zeit, an meine Rettung zu denken. Noch standen treu die Pferde an ihren Plätzen. Kleider, Pelz und Tasche waren schnell zusammengerafft; mit dem Ankleiden wollte ich mich nicht aufhalten; beeilten sich die Pferde wie auf der Herfahrt, sprang ich ja gewissermaßen aus diesem Bett in meines. Gehorsam zog sich ein Pferd vom Fenster zurück; ich warf den Ballen in den Wagen; der Pelz flog zu weit, nur mit einem Ärmel hielt er sich an einem Haken fest. Gut genug. Ich schwang mich aufs Pferd. Die Riemen lose schleifend, ein Pferd kaum mit dem andern verbunden, der Wagen irrend hinterher, der Pelz als letzter im Schnee. »Munter!« sagte ich, aber munter ging's nicht; langsam wie alte Männer zogen wir durch die Schneewüste; lange klang hinter uns der neue, aber irrtümliche Gesang der Kinder:

»Freuet Euch, Ihr Patienten,
Der Arzt ist Euch ins Bett gelegt!«

Niemals komme ich so nach Hause; meine blühende Praxis ist verloren; ein Nachfolger bestiehlt mich, aber ohne Nutzen, denn er kann mich nicht ersetzen; in meinem Hause wütet der ekle Pferdeknecht; Rosa ist sein Opfer; ich will es nicht ausdenken. Nackt, dem Froste dieses unglückseligsten Zeitalters ausgesetzt, mit irdischem Wagen, unirdischen Pferden, treibe ich mich alter Mann umher. Mein Pelz hängt hinten am Wagen, ich kann ihn aber nicht erreichen, und keiner aus dem beweglichen Gesindel der Patienten rührt den Finger. Betrogen! Betrogen! Einmal dem Fehlläuten der Nachtglocke gefolgt – es ist niemals gutzumachen. *(LA S. 200–207. Winter 1916/17)*

Auf der Galerie

Wenn irgendeine hinfällige, lungensüchtige Kunstreiterin in der Manege auf schwankendem Pferd vor einem unermüdlichen Publikum vom peitschenschwingenden erbarmungslosen Chef monatelang ohne Unterbrechung im Kreise rundum getrieben würde, auf dem Pferde schwirrend, Küsse werfend, in der Taille sich wiegend, und wenn dieses Spiel unter dem nichtaussetzenden Brausen des Orchesters und der Ventilatoren in die immerfort weiter sich öffnende graue Zukunft sich fortsetzte, begleitet vom

vergehenden und neu anschwellenden Beifallsklatschen der Hände, die eigentlich Dampfhämmer sind – vielleicht eilte dann ein junger Galeriebesucher die lange Treppe durch alle Ränge hinab, stürzte in die Manege, riefe das: Halt! durch die Fanfaren des immer sich anpassenden Orchesters.
Da es aber nicht so ist; eine schöne Dame, weiß und rot, hereinfliegt, zwischen den Vorhängen, welche die stolzen Livrierten vor ihr öffnen; der Direktor, hingebungsvoll ihre Augen suchend, in Tierhaltung ihr entgegenatmet; vorsorglich sie auf den Apfelschimmel hebt, als wäre sie seine über alles geliebte Enkelin, die sich auf gefährliche Fahrt begibt; sich nicht entschließen kann, das Peitschenzeichen zu geben; schließlich in Selbstüberwindung es knallend gibt; neben dem Pferde mit offenem Munde einherläuft; die Sprünge der Reiterin scharfen Blickes verfolgt; ihre Kunstfertigkeit kaum begreifen kann; mit englischen Ausrufen zu warnen versucht; die reifenhaltenden Reitknechte wütend zu peinlichster Achtsamkeit ermahnt; vor dem großen Saltomortale das Orchester mit aufgehobenen Händen beschwört, es möge schweigen; schließlich die Kleine vom zitternden Pferde hebt, auf beide Backen küßt und keine Huldigung des Publikums für genügend erachtet; während sie selbst, von ihm gestützt, hoch auf den Fußspitzen, vom Staub umweht, mit ausgebreiteten Armen, zurückgelehntem Köpfchen ihr Glück mit dem ganzen Zirkus teilen will – da dies so ist, legt der Galeriebesucher das Gesicht auf die Brüstung und, im Schlußmarsch wie in einem schweren Traum versinkend, weint er, ohne es zu wissen. *(LA S. 207–208. Winter 1916/17)*

Vor dem Gesetz

Vor dem Gesetz steht ein Türhüter. Zu diesem Türhüter kommt ein Mann vom Lande und bittet um Eintritt in das Gesetz. Aber der Türhüter sagt, daß er ihm jetzt den Eintritt nicht gewähren könne. Der Mann überlegt und fragt dann, ob er also später werde eintreten dürfen. »Es ist möglich«, sagt der Türhüter, »jetzt aber nicht.« Da das Tor zum Gesetz offensteht wie immer und der Türhüter beiseite tritt, bückt sich der Mann, um durch das Tor in das Innere zu sehn. Als der Türhüter das merkt, lacht er und sagt: »Wenn es dich so lockt, versuche es doch, trotz meines Verbotes hineinzugehn. Merke aber: Ich bin mächtig. Und ich bin nur der unterste Türhüter. Von Saal zu Saal stehn aber Türhüter, einer mächtiger als der andere. Schon den Anblick des dritten kann nicht einmal ich mehr ertragen.« Solche Schwierigkeiten hat der Mann vom Lande nicht erwartet; das Gesetz soll doch jedem und immer zugänglich sein, denkt er, aber als er jetzt den Türhüter in seinem Pelzmantel genauer ansieht, seine große Spitznase, den langen, dünnen, schwarzen tatarischen Bart, entschließt er sich, doch lieber zu warten, bis er die Erlaubnis zum Eintritt bekommt. Der Türhüter gibt ihm einen Schemel und läßt ihn seitwärts von der Tür sich niedersetzen. Dort sitzt er Tage und Jahre. Er macht viele Versuche, eingelassen zu werden, und ermüdet den Türhüter durch seine Bitten. Der Türhüter stellt öfters kleine Verhöre mit ihm an, fragt ihn über seine Heimat aus und nach vielem andern, es sind aber teilnahmslose Fragen, wie sie große Herren stellen, und zum Schlusse sagt er ihm immer wieder, daß er ihn noch nicht einlassen könne. Der Mann, der sich für seine Reise mit vielem ausgerüstet hat, verwendet alles, und sei es noch so wertvoll, um den Türhüter zu bestechen. Dieser nimmt zwar alles an, aber sagt dabei: »Ich nehme es nur an, damit du nicht glaubst, etwas versäumt zu haben.« Während der vielen Jahre beobachtet der Mann den Türhüter fast ununterbrochen. Er vergißt die andern Türhüter und dieser erste scheint ihm das einzige Hindernis für den Eintritt in das Gesetz. Er verflucht den unglücklichen Zufall, in den ersten Jahren rücksichtslos und laut, später, als er alt wird, brummt er nur noch vor sich hin. Er wird kindisch, und, da er in dem jahrelangen Studium des Türhüters auch die Flöhe in seinem Pelzkragen erkannt hat, bittet er auch die Flöhe, ihm zu helfen und den Türhüter umzustimmen. Schließlich wird sein Augenlicht schwach, und er weiß nicht, ob es um ihn wirklich dunkler wird, oder ob ihn nur seine Augen täuschen. Wohl aber erkennt er jetzt im Dunkel einen Glanz, der unverlöschlich aus der Türe des Gesetzes bricht. Nun lebt er nicht mehr lange. Vor seinem Tode sammeln sich in seinem Kopfe alle Erfahrungen der ganzen Zeit zu einer Frage, die er bisher an den Türhüter noch nicht gestellt hat. Er winkt ihm zu, da er seinen erstarrenden Körper nicht mehr aufrichten kann. Der Türhüter muß sich tief zu ihm hinunterneigen, denn der Größenunterschied hat sich sehr zu ungunsten des Mannes verändert. »Was willst du denn jetzt noch wissen?« fragt der Türhüter, »du bist unersättlich.« »Alle streben doch nach dem Gesetz«, sagt der Mann, »wieso kommt es, daß in den vielen Jahren niemand außer mir Einlaß verlangt hat?« Der Türhüter erkennt, daß der Mann schon an seinem Ende ist, und, um sein vergehendes Gehör noch zu erreichen, brüllt er ihn an: »Hier konnte niemand sonst Einlaß erhalten, denn dieser Eingang war nur für dich bestimmt. Ich gehe jetzt und schließe ihn.« *(LA S. 211–212. November/Dezember 1914)*

Eine kaiserliche Botschaft

Der Kaiser – so heißt es – hat Dir, dem Einzelnen, dem jämmerlichen Untertanen, dem winzig vor der kaiserlichen Sonne in die fernste Ferne geflüchteten Schatten, gerade Dir hat der Kaiser von seinem Sterbebett aus eine Botschaft gesendet. Den Boten hat er beim Bett niederknieen lassen und ihm die Botschaft ins Ohr zugeflüstert; so sehr war ihm an ihr gelegen, daß er sich sie noch ins Ohr wiedersagen ließ. Durch Kopfnicken hat er die Richtigkeit des Gesagten bestätigt. Und vor der ganzen Zuschauerschaft seines Todes – alle hindernden Wände werden niedergebrochen und auf den weit und hoch sich schwingenden Freitreppen stehen im Ring die Großen des Reichs – vor allen diesen hat er den Boten abgefertigt. Der Bote hat sich gleich auf den Weg gemacht; ein kräftiger, ein unermüdlicher Mann; einmal diesen, einmal den andern Arm vorstreckend schafft er sich Bahn durch die Menge; findet er Widerstand, zeigt er auf die Brust, wo das Zeichen der Sonne ist; er kommt auch leicht vorwärts, wie kein anderer. Aber die Menge ist so groß; ihre Wohnstätten nehmen kein Ende. Öffnete sich freies Feld, wie würde er fliegen und bald wohl hörtest Du das herrliche Schlagen seiner Fäuste an Deiner Tür. Aber statt dessen, wie nutzlos müht er sich ab; immer noch zwängt er sich durch die Gemächer des innersten Palastes; niemals wird er sie überwinden; und gelänge ihm dies, nichts wäre gewonnen; die Treppen hinab müßte er sich kämpfen; und gelänge ihm dies, nichts wäre gewonnen; die Höfe wären zu durchmessen; und nach den Höfen der zweite umschließende Palast; und wieder Treppen und Höfe; und wieder ein Palast; und so weiter durch Jahrtausende; und stürzte er endlich aus dem äußersten Tor – aber niemals, niemals kann es geschehen – liegt erst die Residenzstadt vor ihm, die Mitte der Welt, hochgeschüttet voll ihres Bodensatzes. Niemand dringt hier durch und gar mit der Botschaft eines Toten. – Du aber sitzt an Deinem Fenster und erträumst sie Dir, wenn der Abend kommt. *(LA S. 221–222. Frühjahr 1917)*

Eine kleine Frau

Es ist eine kleine Frau; von Natur aus recht schlank, ist sie doch stark geschnürt; ich sehe sie immer im gleichen Kleid, es ist aus gelblich-grauem, gewissermaßen holzfarbigem Stoff und ist ein wenig mit Troddeln oder knopfartigen Behängen von gleicher Farbe versehen; sie ist immer ohne Hut, ihr stumpf-blondes Haar ist glatt und nicht unordentlich, aber sehr locker gehalten. Trotzdem sie geschnürt ist, ist sie doch leicht beweglich, sie übertreibt freilich diese Beweglichkeit, gern hält sie die Hände in den Hüften und wendet den Oberkörper mit einem Wurf überraschend schnell seitlich. Den Eindruck, den ihre Hand auf mich macht, kann ich nur wiedergeben, wenn ich sage, daß ich noch keine Hand gesehen habe, bei der die einzelnen Finger derart scharf voneinander abgegrenzt wären, wie bei der ihren; doch hat ihre Hand keineswegs irgendeine anatomische Merkwürdigkeit, es ist eine völlig normale Hand.

Diese kleine Frau nun ist mit mir sehr unzufrieden, immer hat sie etwas an mir auszusetzen, immer geschieht ihr Unrecht von mir, ich ärgere sie auf Schritt und Tritt; wenn man das Leben in allerkleinste Teile teilen und jedes Teilchen gesondert beurteilen könnte, wäre gewiß jedes Teilchen meines Lebens für sie ein Ärgernis. Ich habe oft darüber nachgedacht, warum ich sie denn so ärgere; mag sein, daß alles an mir ihrem Schönheitssinn, ihrem Gerechtigkeitsgefühl, ihren Gewohnheiten, ihren Überlieferungen, ihren Hoffnungen widerspricht, es gibt derartige einander widersprechende Naturen, aber warum leidet sie so sehr darunter? Es besteht ja gar keine Beziehung zwischen uns, die sie zwingen würde, durch mich zu leiden. Sie müßte sich nur entschließen, mich als völlig Fremden anzusehen, der ich ja auch bin und der ich gegen einen solchen Entschluß mich nicht wehren, sondern ihn sehr begrüßen würde, sie müßte sich nur entschließen, meine Existenz zu vergessen, die ich ihr ja niemals aufgedrängt habe oder aufdrängen würde – und alles Leid wäre offenbar vorüber. Ich sehe hiebei ganz von mir ab und davon, daß ihr Verhalten natürlich auch mir peinlich ist, ich sehe davon ab, weil ich ja wohl erkenne, daß alle diese Peinlichkeit nichts ist im Vergleich mit ihrem Leid. Wobei ich mir allerdings durchaus dessen bewußt bin, daß es kein liebendes Leid ist; es liegt ihr gar nichts daran, mich wirklich zu bessern, zumal ja auch alles, was sie an mir aussetzt, nicht von einer derartigen Beschaffenheit ist, daß mein Fortkommen dadurch gestört würde. Aber mein Fortkommen kümmert sie eben auch nicht, sie kümmert nichts anderes als ihr persönliches Interesse, nämlich die Qual zu rächen, die ich ihr bereite, und die Qual, die ihr in Zukunft von mir droht, zu verhindern. Ich habe schon einmal versucht, sie darauf hinzuweisen, wie diesem fortwährenden Ärger am besten ein Ende gemacht werden

könnte, doch habe ich sie gerade dadurch in eine derartige Aufwallung gebracht, daß ich den Versuch nicht mehr wiederholen werde.
Auch liegt ja, wenn man will, eine gewisse Verantwortung auf mir, denn so fremd mir die kleine Frau auch ist, und so sehr die einzige Beziehung, die zwischen uns besteht, der Ärger ist, den ich ihr bereite, oder vielmehr der Ärger, den sie sich von mir bereiten läßt, dürfte es mir doch nicht gleichgültig sein, wie sie sichtbar unter diesem Ärger auch körperlich leidet. Es kommen hie und da, sich mehrend in letzter Zeit, Nachrichten zu mir, daß sie wieder einmal am Morgen bleich, übernächtig, von Kopfschmerzen gequält und fast arbeitsunfähig gewesen sei; sie macht damit ihren Angehörigen Sorgen, man rät hin und her nach den Ursachen ihres Zustandes und hat sie bisher noch nicht gefunden. Ich allein kenne sie, es ist der alte und immer neue Ärger. Nun teile ich freilich die Sorgen ihrer Angehörigen nicht; sie ist stark und zäh; wer sich so zu ärgern vermag, vermag wahrscheinlich auch die Folgen des Ärgers zu überwinden; ich habe sogar den Verdacht, daß sie sich – wenigstens zum Teil – nur leidend stellt, um auf diese Weise den Verdacht der Welt auf mich hinzulenken. Offen zu sagen, wie ich sie durch mein Dasein quäle, ist sie zu stolz; an andere meinetwegen zu appellieren, würde sie als eine Herabwürdigung ihrer selbst empfinden; nur aus Widerwillen, aus einem nicht aufhörenden, ewig sie antreibenden Widerwillen beschäftigt sie sich mit mir; diese unreine Sache auch noch vor der Öffentlichkeit zu besprechen, das wäre für ihre Scham zu viel. Aber es ist doch auch zu viel, von der Sache ganz zu schweigen, unter deren unaufhörlichem Druck sie steht. Und so versucht sie in ihrer Frauenschlauheit einen Mittelweg; schweigend, nur durch die äußern Zeichen eines geheimen Leides will sie die Angelegenheit vor das Gericht der Öffentlichkeit bringen. Vielleicht hofft sie sogar, daß, wenn die Öffentlichkeit einmal ihren vollen Blick auf mich richtet, ein allgemeiner öffentlicher Ärger gegen mich entstehen und mit seinen großen Machtmitteln mich bis zur vollständigen Endgültigkeit viel kräftiger und schneller richten wird, als

es ihr verhältnismäßig doch schwacher privater Ärger imstande ist; dann aber wird sie sich zurückziehen, aufatmen und mir den Rücken kehren. Nun, sollten dies wirklich ihre Hoffnungen sein, so täuscht sie sich. Die Öffentlichkeit wird nicht ihre Rolle übernehmen; die Öffentlichkeit wird niemals so unendlich viel an mir auszusetzen haben, auch wenn sie mich unter ihre stärkste Lupe nimmt. Ich bin kein so unnützer Mensch, wie sie glaubt; ich will mich nicht rühmen und besonders nicht in diesem Zusammenhang; wenn ich aber auch nicht durch besondere Brauchbarkeit ausgezeichnet sein sollte, werde ich doch auch gewiß nicht gegenteilig auffallen; nur für sie, für ihre fast weißstrahlenden Augen bin ich so, niemanden andern wird sie davon überzeugen können. Also könnte ich in dieser Hinsicht völlig beruhigt sein? Nein, doch nicht; denn wenn es wirklich bekannt wird, daß ich sie geradezu krank mache durch mein Benehmen, und einige Aufpasser, eben die fleißigsten Nachrichten-Überbringer, sind schon nahe daran, es zu durchschauen oder sie stellen sich wenigstens so, als durchschauten sie es, und es kommt die Welt und wird mir die Frage stellen, warum ich denn die arme kleine Frau durch meine Unverbesserlichkeit quäle und ob ich sie etwa bis in den Tod zu treiben beabsichtige und wann ich endlich die Vernunft und das einfache menschliche Mitgefühl haben werde, damit aufzuhören – wenn mich die Welt so fragen wird, es wird schwer sein, ihr zu antworten. Soll ich dann eingestehn, daß ich an jene Krankheitszeichen nicht sehr glaube und soll ich damit den unangenehmen Eindruck hervorrufen, daß ich, um von einer Schuld loszukommen, andere beschuldige und gar in so unfeiner Weise? Und könnte ich etwa gar offen sagen, daß ich, selbst wenn ich an ein wirkliches Kranksein glaubte, nicht das geringste Mitgefühl hätte, da mir ja die Frau völlig fremd ist und die Beziehung, die zwischen uns besteht, nur von ihr hergestellt ist und nur von ihrer Seite aus besteht. Ich will nicht sagen, daß man mir nicht glauben würde; man würde mir vielmehr weder glauben noch nicht glauben; man käme gar nicht so weit, daß davon die Rede sein könnte; man würde lediglich die Antwort registrieren, die ich hinsichtlich einer schwachen, kranken Frau gegeben habe, und das wäre wenig günstig für mich. Hier wie bei jeder andern Antwort wird mir eben hartnäckig in die Quere kommen die Unfähigkeit der Welt, in einem Fall wie diesem den Verdacht einer Liebesbeziehung nicht aufkommen zu lassen, trotzdem es bis zur äußersten Deutlichkeit zutage liegt, daß eine solche Beziehung nicht besteht und daß, wenn sie bestehen würde, sie eher noch von mir ausginge, der ich tatsächlich die kleine Frau in der Schlagkraft ihres Urteils und der Unermüdlichkeit ihrer Folgerungen immerhin zu bewundern fähig wäre, wenn ich nicht eben durch ihre Vorzüge immerfort gestraft würde. Bei ihr aber ist jedenfalls keine Spur einer freundlichen Beziehung zu mir vorhanden; darin ist sie aufrichtig und wahr; darauf ruht meine letzte Hoffnung; nicht einmal, wenn es in ihren Kriegsplan passen würde, an eine solche Beziehung zu mir glauben zu machen, würde sie sich soweit vergessen, etwas derartiges zu tun. Aber die in dieser Richtung völlig stumpfe Öffentlichkeit wird bei ihrer Meinung bleiben und immer gegen mich entscheiden.

So bliebe mir eigentlich doch nur übrig, rechtzeitig, ehe die Welt eingreift, mich soweit zu ändern, daß ich den Ärger der kleinen Frau nicht etwa beseitige, was undenkbar ist, aber doch ein wenig mildere. Und ich habe mich tatsächlich öfters gefragt, ob mich denn mein gegenwärtiger Zustand so befriedige, daß ich ihn gar nicht ändern wolle, und ob es denn nicht möglich wäre, gewisse Änderungen an mir vorzunehmen, auch wenn ich es nicht täte, weil ich von ihrer Notwendigkeit überzeugt wäre, sondern nur, um die Frau zu besänftigen. Und ich habe es ehrlich versucht, nicht ohne Mühe und Sorgfalt, es entsprach mir sogar, es belustigte mich fast; einzelne Änderungen ergaben sich, waren weithin sichtbar, ich mußte die Frau nicht auf sie aufmerksam machen, sie merkt alles derartige früher als ich, sie merkt schon den Ausdruck der Absicht in meinem Wesen; aber ein Erfolg war mir nicht beschieden. Wie wäre es auch möglich? Ihre Unzufriedenheit mit mir ist ja, wie ich jetzt schon einsehe, eine grundsätzliche; nichts kann sie beseitigen, nicht einmal die Beseitigung meiner selbst; ihre

Wutanfälle etwa bei der Nachricht meines Selbstmordes wären grenzenlos. Nun kann ich mir nicht vorstellen, daß sie, diese scharfsinnige Frau, dies nicht ebenso einsieht wie ich, und zwar sowohl die Aussichtslosigkeit ihrer Bemühungen als auch meine Unschuld, meine Unfähigkeit, selbst bei bestem Willen ihren Forderungen zu entsprechen. Gewiß sieht sie es ein, aber als Kämpfernatur vergißt sie es in der Leidenschaft des Kampfes, und meine unglückliche Art, die ich aber nicht anders wählen kann, denn sie ist mir nun einmal so gegeben, besteht darin, daß ich jemandem, der außer Rand und Band geraten ist, eine leise Mahnung zuflüstern will. Auf diese Weise werden wir uns natürlich nie verständigen. Immer wieder werde ich etwa im Glück der ersten Morgenstunden aus dem Hause treten und dieses um meinetwillen vergrämte Gesicht sehn, die verdrießlich aufgestülpten Lippen, den prüfenden und schon vor der Prüfung das Ergebnis kennenden Blick, der über mich hinfährt und dem selbst bei größter Flüchtigkeit nichts entgehen kann, das bittere in die mädchenhafte Wange sich einbohrende Lächeln, das klagende Aufschauen zum Himmel, das Einlegen der Hände in die Hüften, um sich zu festigen, und dann in der Empörung das Bleichwerden und Erzittern.

Letzthin machte ich, überhaupt zum erstenmal, wie ich mir bei dieser Gelegenheit erstaunt eingestand, einem guten Freund einige Andeutungen von dieser Sache, nur nebenbei, leicht, mit ein paar Worten, ich drückte die Bedeutung des Ganzen, so klein sie für mich nach außen hin im Grunde ist, noch ein wenig unter die Wahrheit hinab. Sonderbar, daß der Freund dennoch nicht darüber hinweghörte, ja sogar aus eigenem der Sache an Bedeutung hinzugab, sich nicht ablenken ließ und dabei verharrte. Noch sonderbarer allerdings, daß er trotzdem in einem entscheidenden Punkt die Sache unterschätzte, denn er riet mir ernstlich, ein wenig zu verreisen. Kein Rat könnte unverständiger sein; die Dinge liegen zwar einfach, jeder kann sie, wenn er näher hinzutritt, durchschauen, aber so einfach sind sie doch auch nicht, daß durch mein Wegfahren alles oder auch nur das Wichtigste in Ordnung käme.

Im Gegenteil, vor dem Wegfahren muß ich mich vielmehr hüten; wenn ich überhaupt irgendeinen Plan befolgen soll, dann jedenfalls den, die Sache in ihren bisherigen, engen, die Außenwelt noch nicht einbeziehenden Grenzen zu halten, also ruhig zu bleiben, wo ich bin, und keine großen, durch diese Sache veranlaßten, auffallenden Veränderungen zuzulassen, wozu auch gehört, mit niemandem davon zu sprechen, aber dies alles nicht deshalb, weil es irgendein gefährliches Geheimnis wäre, sondern deshalb, weil es eine kleine, rein persönliche und als solche immerhin leicht zu tragende Angelegenheit ist und weil sie dieses auch bleiben soll. Darin waren die Bemerkungen des Freundes doch nicht ohne Nutzen, sie haben mich nichts Neues gelehrt, aber mich in meiner Grundansicht bestärkt.

Wie es sich ja überhaupt bei genauerem Nachdenken zeigt, daß die Veränderungen, welche die Sachlage im Laufe der Zeit erfahren zu haben scheint, keine Veränderungen der Sache selbst sind, sondern nur die Entwicklung meiner Anschauung von ihr, insofern, als diese Anschauung teils ruhiger, männlicher wird, dem Kern näher kommt, teils allerdings auch unter dem nicht zu verwindenden Einfluß der fortwährenden Erschütterungen, seien diese auch noch so leicht, eine gewisse Nervosität annimmt.

Ruhiger werde ich der Sache gegenüber, indem ich zu erkennen glaube, daß eine Entscheidung, so nahe sie manchmal bevorzustehen scheint, doch wohl noch nicht kommen wird; man ist leicht geneigt, besonders in jungen Jahren, das Tempo, in dem Entscheidungen kommen, sehr zu überschätzen; wenn einmal meine kleine Richterin, schwach geworden durch meinen Anblick, seitlich in den Sessel sank, mit der einen Hand sich an der Rückenlehne festhielt, mit der anderen an ihrem Schnürleib nestelte, und Tränen des Zornes und der Verzweiflung ihr die Wangen hinabrollten, dachte ich immer, nun sei die Entscheidung da und gleich würde ich vorgerufen werden, mich zu verantworten. Aber nichts von Entscheidung, nichts von Verantwortung, Frauen wird leicht übel, die Welt hat nicht Zeit, auf alle Fälle aufzupassen. Und was ist denn eigentlich in all den Jahren geschehn? Nichts weiter, als daß sich solche Fälle wiederholten, einmal stärker, einmal schwächer, und daß nun also ihre Gesamtzahl größer ist. Und daß Leute sich in der Nähe herumtreiben und gern eingreifen würden, wenn sie eine Möglichkeit dazu finden würden; aber sie finden keine, bisher verlassen sie sich nur auf ihre Witterung, und Witterung allein genügt zwar, um ihren Besitzer reichlich zu beschäftigen, aber zu anderem taugt sie nicht. So aber war es im Grunde immer, immer gab es diese unnützen Eckensteher und Luftein-atmer, welche ihre Nähe immer auf irgendeine überschlaue Weise, am liebsten durch Verwandtschaft, entschuldigten, immer haben sie aufgepaßt, immer haben sie die Nase voll Witterung gehabt, aber das Ergebnis alles dessen ist nur, daß sie noch immer dastehn. Der ganze Unterschied besteht darin, daß ich sie allmählich erkannt habe, ihre Gesichter unterscheide; früher habe ich geglaubt, sie kämen allmählich von überall her zusammen, die Ausmaße der Angelegenheit vergrößerten sich und würden von selbst die Entscheidung erzwingen; heute glaube ich zu wissen, daß das alles von altersher da war und mit dem Herankommen der Entscheidung sehr wenig oder nichts zu tun hat. Und die Entscheidung selbst, warum benenne ich sie mit einem so großen Wort? Wenn es einmal – und gewiß nicht morgen und übermorgen und wahrscheinlich niemals – dazu kommen sollte, daß sich die Öffentlichkeit doch mit dieser Sache, für die sie, wie ich immer wiederholen werde, nicht zuständig ist, beschäftigt, werde ich zwar nicht unbeschädigt aus dem Verfahren hervorgehen, aber es wird doch wohl in Betracht gezogen werden, daß ich der Öffentlichkeit nicht unbekannt bin, in ihrem vollen Licht seit jeher lebe, vertrauensvoll und Vertrauen verdienend, und daß deshalb diese nachträglich hervorgekommene leidende kleine Frau, die nebenbei bemerkt ein anderer als ich vielleicht längst als Klette erkannt und für die Öffentlichkeit völlig geräuschlos unter seinem Stiefel zertreten hätte, daß diese Frau doch schlimmstenfalls nur einen kleinen häßlichen Schnörkel dem Diplom hinzufügen könnte, in welchem mich die Öffentlichkeit längst als ihr achtungswertes Mitglied erklärt. Das ist der heutige Stand

der Dinge, der also wenig geeignet ist, mich zu beunruhigen.
Daß ich mit den Jahren doch ein wenig unruhig geworden bin, hat mit der eigentlichen Bedeutung der Sache gar nichts zu tun; man hält es einfach nicht aus, jemanden immerfort zu ärgern, selbst wenn man die Grundlosigkeit des Ärgers wohl erkennt; man wird unruhig, man fängt an, gewissermaßen nur körperlich, auf Entscheidungen zu lauern, auch wenn man an ihr Kommen vernünftigerweise nicht sehr glaubt. Zum Teil aber handelt es sich auch nur um eine Alterserscheinung; die Jugend kleidet alles gut; unschöne Einzelheiten verlieren sich in der unaufhörlichen Kraftquelle der Jugend; mag einer als Junge einen etwas lauernden Blick gehabt haben, er ist ihm nicht übelgenommen, es ist gar nicht bemerkt worden, nicht einmal von ihm selbst, aber, was im Alter übrigbleibt, sind Reste, jeder ist nötig, keiner wird erneut, jeder steht unter Beobachtung, und der lauernde Blick eines alternden Mannes ist eben ein ganz deutlich lauernder Blick, und es ist nicht schwierig, ihn festzustellen. Nur ist es aber auch hier keine wirkliche sachliche Verschlimmerung.
Von wo aus also ich es auch ansehe, immer wieder zeigt sich und dabei bleibe ich, daß, wenn ich mit der Hand auch nur ganz leicht diese kleine Sache verdeckt halte, ich noch sehr lange, ungestört von der Welt, mein bisheriges Leben ruhig werde fortsetzen dürfen, trotz allen Tobens der Frau.

(LA S. 252–261. Herbst 1923)

Ein Hungerkünstler

In den letzten Jahrzehnten ist das Interesse an Hungerkünstlern sehr zurückgegangen. Während es sich früher gut lohnte, große derartige Vorführungen in eigener Regie zu veranstalten, ist dies heute völlig unmöglich. Es waren andere Zeiten. Damals beschäftigte sich die ganze Stadt mit dem Hungerkünstler; von Hungertag zu Hungertag stieg die Teilnahme; jeder wollte den Hungerkünstler zumindest einmal täglich sehn; an den spätern Tagen gab es Abonnenten, welche tagelang vor dem kleinen Gitterkäfig saßen; auch in der Nacht fanden Besichtigungen statt, zur Erhöhung der Wirkung bei Fackelschein; an schönen Tagen wurde der Käfig ins Freie getragen, und nun waren es besonders die Kinder, denen der Hungerkünstler gezeigt wurde; während er für die Erwachsenen oft nur ein Spaß war, an dem sie der Mode halber teilnahmen, sahen die Kinder staunend, mit offenem Mund, der Sicherheit halber einander bei der Hand haltend, zu, wie er bleich, im schwarzen Trikot, mit mächtig vortretenden Rippen, sogar einen Sessel verschmähend, auf hingestreutem Stroh saß, einmal höflich nickend, angestrengt lächelnd Fragen beantwortete, auch durch das Gitter den Arm streckte, um seine Magerkeit befühlen zu lassen, dann aber wieder ganz in sich selbst versank, um niemanden sich kümmerte, nicht einmal um den für ihn so wichtigen Schlag der Uhr, die das einzige Möbelstück des Käfigs war, sondern nur vor sich hinsah mit fast geschlossenen Augen und hie und da aus einem winzigen Gläschen Wasser nippte, um sich die Lippen zu feuchten.

Außer den wechselnden Zuschauern waren auch ständige, vom Publikum gewählte Wächter da, merkwürdigerweise gewöhnlich Fleischhauer, welche, immer drei gleichzeitig, die Aufgabe hatten, Tag und Nacht den Hungerkünstler zu beobachten, damit er nicht etwa auf irgendeine heimliche Weise doch Nahrung zu sich nehme. Es war das aber lediglich eine Formalität, eingeführt zur Beruhigung der Massen, denn die Eingeweihten wußten wohl, daß der Hungerkünstler während der Hungerzeit niemals, unter keinen Umständen, selbst unter Zwang nicht, auch das Geringste nur gegessen hätte; die Ehre seiner Kunst verbot dies. Freilich, nicht jeder Wächter konnte das begreifen, es fanden sich manchmal nächtliche Wachgruppen, welche die Bewachung sehr lax durchführten, absichtlich in eine ferne Ecke sich zusammensetzten und dort sich ins Kartenspiel vertieften, in der offenbaren Absicht, dem Hungerkünstler eine kleine Erfrischung zu gönnen, die er ihrer Meinung nach aus irgendwelchen geheimen Vorräten hervorholen konnte. Nichts war dem Hungerkünstler quälender als solche Wächter; sie machten ihn trübselig; sie machten ihm das Hungern entsetzlich schwer; manchmal überwand er seine Schwäche und sang während dieser Wachzeit, solange er es nur aushielt, um den Leuten zu zeigen, wie ungerecht sie ihn verdächtigten. Doch half das wenig; sie wunderten sich dann nur über seine Geschicklichkeit, selbst während des Singens zu essen. Viel lieber waren ihm die Wächter, welche sich eng zum Gitter setzten, mit der trüben Nachtbeleuchtung des Saales sich nicht begnügten, sondern ihn mit den elektrischen Taschenlampen bestrahlten, die ihnen der Impresario zur Verfügung stellte. Das grelle Licht störte ihn gar nicht, schlafen konnte er ja überhaupt nicht, und ein wenig hindämmern konnte er immer, bei jeder Beleuchtung und zu jeder Stunde, auch im übervollen, lärmenden Saal. Er war sehr gerne bereit, mit solchen Wächtern die Nacht gänzlich ohne Schlaf zu verbringen; er war bereit, mit ihnen zu scherzen, ihnen Geschichten aus seinem Wanderleben zu erzählen, dann wieder ihre Erzählungen anzuhören, alles nur um sie wachzuhalten, um ihnen immer wieder zeigen zu können, daß er nichts Eßbares im Käfig hatte und daß er hungerte, wie keiner von ihnen es könnte. Am glücklichsten aber war er, wenn dann der Morgen kam, und ihnen auf seine Rechnung ein überreiches Frühstück gebracht wurde, auf das sie sich warfen mit dem Appetit gesunder Männer nach einer mühevoll durchwachten Nacht. Es gab zwar sogar Leute, die in diesem Frühstück eine ungebührliche Beeinflussung der Wächter sehen wollten, aber das ging doch zu weit, und wenn man sie fragte, ob etwa sie nur um der Sache willen ohne Frühstück die Nachtwache übernehmen wollten, verzogen sie sich, aber bei ihren Verdächtigungen blieben sie dennoch.

Dieses allerdings gehörte schon zu den vom Hungern überhaupt nicht zu trennenden Verdächtigungen. Niemand war ja imstande, alle die Tage und Nächte beim Hungerkünstler ununterbrochen als Wächter zu verbringen, niemand also konnte aus eigener Anschauung wissen, ob wirklich ununterbrochen, fehlerlos gehungert worden war;

nur der Hungerkünstler selbst konnte das wissen, nur er also gleichzeitig der von seinem Hungern vollkommen befriedigte Zuschauer sein. Er aber war wieder aus einem andern Grunde niemals befriedigt; vielleicht war er gar nicht vom Hungern so sehr abgemagert, daß manche zu ihrem Bedauern den Vorführungen fernbleiben mußten, weil sie seinen Anblick nicht ertrugen, sondern er war nur so abgemagert aus Unzufriedenheit mit sich selbst. Er allein nämlich wußte, auch kein Eingeweihter sonst wußte das, wie leicht das Hungern war. Es war die leichteste Sache von der Welt. Er verschwieg es auch nicht, aber man glaubte ihm nicht, hielt ihn günstigstenfalls für bescheiden, meist aber für reklamesüchtig oder gar für einen Schwindler, dem das Hungern allerdings leicht war, weil er es sich leicht zu machen verstand, und der auch noch die Stirn hatte, es halb zu gestehn. Das alles mußte er hinnehmen, hatte sich auch im Laufe der Jahre daran gewöhnt, aber innerlich nagte diese Unbefriedigtheit immer an ihm, und noch niemals, nach keiner Hungerperiode – dieses Zeugnis mußte man ihm ausstellen – hatte er freiwillig den Käfig verlassen. Als Höchstzeit für das Hungern hatte der Impresario vierzig Tage festgesetzt, darüber hinaus ließ er niemals hungern, auch in den Weltstädten nicht, und zwar aus gutem Grund. Vierzig Tage etwa konnte man erfahrungsgemäß durch allmählich sich steigernde Reklame das Interesse einer Stadt immer mehr aufstacheln, dann aber versagte das Publikum, eine wesentliche Abnahme des Zuspruchs war festzustellen; es bestanden natürlich in dieser Hinsicht kleine Unterschiede zwischen den Städten und Ländern, als Regel aber galt, daß vierzig Tage die Höchstzeit war. Dann also am vierzigsten Tage wurde die Tür des mit Blumen umkränzten Käfigs geöffnet, eine begeisterte Zuschauerschaft erfüllte das Amphitheater, eine Militärkapelle spielte, zwei Ärzte betraten den Käfig, um die nötigen Messungen am Hungerkünstler vorzunehmen, durch ein Megaphon wurden die Resultate dem Saale verkündet, und schließlich kamen zwei junge Damen, glücklich darüber, daß gerade sie ausgelost worden waren, und wollten den Hungerkünstler aus dem Käfig ein paar

Stufen hinabführen, wo auf einem kleinen Tischchen eine sorgfältig ausgewählte Krankenmahlzeit serviert war. Und in diesem Augenblick wehrte sich der Hungerkünstler immer. Zwar legte er noch freiwillig seine Knochenarme in die hilfsbereit ausgestreckten Hände der zu ihm hinabgebeugten Damen, aber aufstehen wollte er nicht. Warum gerade jetzt nach vierzig Tagen aufhören? Er hätte es noch lange, unbeschränkt lange ausgehalten; warum gerade jetzt aufhören, wo er im besten, ja noch nicht einmal im besten Hungern war? Warum wollte man ihn des Ruhmes berauben, weiter zu hungern, nicht nur der größte Hungerkünstler aller Zeiten zu werden, der er ja wahrscheinlich schon war, aber auch noch sich selbst zu übertreffen bis ins Unbegreifliche, denn für seine Fähigkeit zu hungern fühlte er keine Grenzen. Warum hatte diese Menge, die ihn so sehr zu bewundern vorgab, so wenig Geduld mit ihm; wenn er es aushielt, noch weiter zu hungern, warum wollte sie es nicht aushalten? Auch war er müde, saß gut im Stroh und sollte sich nun hoch und lang aufrichten und zu dem Essen gehn, das ihm schon allein in der Vorstellung Übelkeiten verursachte, deren Äußerung er nur mit Rücksicht auf die Damen mühselig unterdrückte. Und er blickte empor in die Augen der scheinbar so freundlichen, in Wirklichkeit so grausamen Damen und schüttelte den auf dem schwachen Halse überschweren Kopf. Aber dann geschah, was immer geschah. Der Impresario kam, hob stumm – die Musik machte das Reden unmöglich – die Arme über dem Hungerkünstler, so, als lade er den Himmel ein, sich sein Werk hier auf dem Stroh einmal anzusehn, diesen bedauernswerten Märtyrer, welcher der Hungerkünstler allerdings war, nur in ganz anderem Sinn; faßte den Hungerkünstler um die dünne Taille, wobei er durch übertriebene Vorsicht glaubhaft machen wollte, mit einem wie gebrechlichen Ding er es hier zu tun habe; und übergab ihn – nicht ohne ihn im geheimen ein wenig zu schütteln, so daß der Hungerkünstler mit den Beinen und dem Oberkörper unbeherrscht hin und her schwankte – den inzwischen totenbleich gewordenen Damen. Nun duldete der Hungerkünstler alles; der Kopf lag auf der Brust, es war, als sei er hingerollt und halte sich dort unerklärlich; der Leib war ausgehöhlt; die Beine drückten sich im Selbsterhaltungstrieb fest in den Knien aneinander, scharrten aber doch den Boden, so, als sei es nicht der wirkliche, den wirklichen suchten sie erst; und die ganze, allerdings sehr kleine Last des Körpers lag auf einer der Damen, welche hilfesuchend, mit fliegendem Atem – so hatte sie sich dieses Ehrenamt nicht vorgestellt – zuerst den Hals möglichst streckte, um wenigstens das Gesicht vor der Berührung mit dem Hungerkünstler zu bewahren, dann aber, da ihr dies nicht gelang und ihre glücklichere Gefährtin ihr nicht zu Hilfe kam, sondern sich damit begnügte, zitternd die Hand des Hungerkünstlers, dieses kleine Knochenbündel, vor sich herzutragen, unter dem entzückten Gelächter des Saales in Weinen ausbrach und von einem längst bereitgestellten Diener abgelöst werden mußte. Dann kam das Essen, von dem der Impresario dem Hungerkünstler während eines ohnmachtähnlichen Halbschlafes ein wenig einflößte, unter lustigem Plaudern, das die Aufmerksamkeit vom Zustand des Hungerkünstlers ablenken sollte; dann wurde noch ein Trinkspruch auf das Publikum ausgebracht, welcher dem Impresario angeblich vom Hungerkünstler zugeflüstert worden war; das Orchester bekräftigte alles durch einen großen Tusch, man ging auseinander, und niemand hatte das Recht, mit dem Gesehenen unzufrieden zu sein, niemand, nur der Hungerkünstler, immer nur er.

So lebte er mit regelmäßigen kleinen Ruhepausen viele Jahre, in scheinbarem Glanz, von der Welt geehrt, bei alledem aber meist in trüber Laune, die immer noch trüber wurde dadurch, daß niemand sie ernst zu nehmen verstand. Womit sollte man ihn auch trösten? Was blieb ihm zu wünschen übrig? Und wenn sich einmal ein Gutmütiger fand, der ihn bedauerte und ihm erklären wollte, daß seine Traurigkeit wahrscheinlich von dem Hungern käme, konnte es, besonders bei vorgeschrittener Hungerzeit, geschehn, daß der Hungerkünstler mit einem Wutausbruch antwortete und zum Schrecken aller wie ein Tier an dem Gitter zu rütteln begann. Doch hatte für solche Zustände der Impresario ein Strafmittel, das er gern anwandte. Er entschuldigte den Hungerkünstler vor versammeltem Publikum, gab zu, daß nur die durch das Hungern hervorgerufene, für satte Menschen nicht ohne weiteres begreifliche Reizbarkeit das Benehmen des Hungerkünstlers verzeihlich machen könne; kam dann im Zusammenhang damit auch auf die ebenso zu erklärende Behauptung des Hungerkünstlers zu sprechen, er könnte noch viel länger hungern, als er hungere; lobte das hohe Streben, den guten Willen, die große Selbstverleugnung, die gewiß auch in dieser Behauptung enthalten seien; suchte dann aber die Behauptung einfach genug durch Vorzeigen von Photographien, die gleichzeitig verkauft wurden, zu widerlegen, denn auf den Bildern sah man den Hungerkünstler an einem vierzigsten Hungertag, im Bett, fast verlöscht vor Entkräftung. Diese dem Hungerkünstler zwar wohlbekannte, immer aber von neuem ihn entnervende Verdrehung der Wahrheit war ihm zu viel. Was die Folge der vorzeitigen Beendigung des Hungerns war, stellte man hier als die Ursache dar! Gegen diesen Unverstand, gegen diese Welt des Unverstandes zu kämpfen, war unmöglich. Noch hatte er immer wieder in gutem Glauben begierig am Gitter dem Impresario zugehört, beim Erscheinen der Photographien aber ließ er das Gitter jedesmal los, sank mit Seufzen ins Stroh zurück, und das beruhigte Publikum konnte wieder herankommen und ihn besichtigen.

Wenn die Zeugen solcher Szenen ein paar Jahre später daran zurückdachten, wurden sie sich oft selbst unverständlich. Denn inzwischen war jener erwähnte Umschwung eingetreten; fast plötzlich war das geschehen; es mochte tiefere Gründe haben, aber wem lag daran, sie aufzufinden; jedenfalls sah sich eines Tages der verwöhnte Hungerkünstler von der vergnügungssüchtigen Menge verlassen, die lieber zu anderen Schaustellungen strömte. Noch einmal jagte der Impresario mit ihm durch halb Europa, um zu sehn, ob sich nicht noch hie und da das alte Interesse wiederfände; alles vergeblich; wie in einem geheimen Einverständnis hatte sich überall geradezu eine Abneigung gegen das Schauhungern ausgebildet. Natürlich hatte das in Wirklichkeit nicht plötzlich so kommen können, und man erinnerte sich jetzt nachträglich an manche zu ihrer Zeit im Rausch der Erfolge nicht genügend beachtete, nicht genügend unterdrückte Vorboten, aber jetzt etwas dagegen zu unternehmen, war zu spät. Zwar war es sicher, daß einmal auch für das Hungern wieder die Zeit kommen werde, aber für die Lebenden war das kein Trost. Was sollte nun der Hungerkünstler tun? Der, welchen Tausende umjubelt hatten, konnte sich nicht in Schaubuden auf kleinen Jahrmärkten zeigen, und um einen andern Beruf zu ergreifen, war der Hungerkünstler nicht nur zu alt, sondern vor allem dem Hungern allzu fanatisch ergeben. So verabschiedete er denn den Impresario, den Genossen einer Laufbahn ohnegleichen, und ließ sich von einem großen Zirkus engagieren; um seine Empfindlichkeit zu schonen, sah er die Vertragsbedingungen gar nicht an.

Ein großer Zirkus mit seiner Unzahl von einander immer wieder ausgleichenden und ergänzenden Menschen und Tieren und Apparaten kann jeden und zu jeder Zeit gebrauchen, auch einen Hungerkünstler, bei entsprechend bescheidenen Ansprüchen natürlich, und außerdem war es ja in diesem besonderen Fall nicht nur der Hungerkünstler selbst, der engagiert wurde, sondern auch sein alter berühmter Name, ja man konnte bei der Eigenart dieser im zunehmenden Alter nicht abnehmenden Kunst nicht einmal sagen, daß ein ausgedienter, nicht mehr auf der Höhe seines Könnens stehender Künstler sich in einen ruhigen Zirkusposten flüchten wolle, im Gegenteil, der Hungerkünstler versicherte, daß er, was durchaus glaubwürdig war, ebensogut hungere wie früher, ja er behauptete sogar, er werde, wenn man ihm seinen Willen lasse, und dies versprach man ihm ohne weiteres, eigentlich erst jetzt die Welt in berechtigtes Erstaunen setzen, eine Behauptung allerdings, die mit Rücksicht auf die Zeitstimmung, welche der Hungerkünstler im Eifer leicht vergaß, bei den Fachleuten nur ein Lächeln hervorrief.

Im Grunde aber verlor auch der Hungerkünstler den Blick für die wirklichen Verhältnisse nicht und nahm es als selbstverständlich hin, daß man ihn mit seinem Käfig nicht etwa als Glanznummer mitten in die Manege stellte, sondern draußen an einem im übrigen recht gut zugänglichen Ort in der Nähe der Stallungen unterbrachte. Große, bunt gemalte Aufschriften umrahmten den Käfig und verkündeten, was dort zu sehen war. Wenn das Publikum in den Pausen der Vorstellung zu den Ställen drängte, um die Tiere zu besichtigen, war es fast unvermeidlich, daß es beim Hungerkünstler vorüberkam und ein wenig dort haltmachte, man wäre vielleicht länger bei ihm geblieben, wenn nicht in dem schmalen Gang die Nachdrängenden, welche diesen Aufenthalt auf dem Weg zu den ersehnten Ställen nicht verstanden, eine längere ruhige Betrachtung unmöglich gemacht hätten. Dieses war auch der Grund, warum der Hungerkünstler vor diesen Besuchszeiten, die er als seinen Lebenszweck natürlich herbeiwünschte, doch auch wieder zitterte. In der ersten Zeit hatte er die Vorstellungspausen kaum erwarten können; entzückt hatte er der sich heranwälzenden Menge entgegengesehn, bis er sich nur zu bald – auch die hartnäckigste, fast bewußte Selbsttäuschung hielt den Erfahrungen nicht stand – davon überzeugte, daß es zumeist der Absicht nach, immer wieder, ausnahmslos, lauter Stallbesucher waren. Und dieser Anblick von der Ferne blieb noch immer der schönste. Denn wenn sie bis zu ihm herangekommen waren, umtobte ihn sofort Geschrei und Schimpfen der ununterbrochen neu sich bildenden Parteien, jener, welche – sie wurde dem Hungerkünstler bald die peinlichere – ihn bequem ansehen wollte, nicht etwa aus Verständnis, sondern aus Laune und Trotz, und jener zweiten, die zunächst nur nach den Ställen verlangte. War der große Haufe vorüber, dann kamen die Nachzügler, und diese allerdings, denen es nicht mehr verwehrt war, stehen zu bleiben, solange sie nur Lust hatten, eilten mit langen Schritten, fast ohne Seitenblick, vorüber, um rechtzeitig zu den Tieren zu kommen. Und es war kein allzu häufiger Glücksfall, daß ein Familienvater mit seinen Kindern kam, mit dem Finger auf den Hungerkünstler zeigte, ausführlich erklärte, um was es sich hier handelte, von früheren Jahren erzählte, wo er bei ähnlichen, aber unvergleichlich großartigeren Vorführungen gewesen war, und dann die Kinder, wegen ihrer ungenügenden Vorbereitung von Schule und Leben her, zwar immer noch verständnislos blieben – was war ihnen Hungern? – aber doch in dem Glanz ihrer forschenden Augen etwas von neuen, kommenden, gnädigeren Zeiten verrieten. Vielleicht, so sagte sich der Hungerkünstler dann manchmal, würde alles doch ein wenig besser werden, wenn sein Standort nicht gar so nahe bei den Ställen wäre. Den Leuten wurde dadurch die Wahl zu leicht gemacht, nicht zu reden davon, daß ihn die Ausdünstungen der Ställe, die Unruhe der Tiere in der Nacht, das Vorübertragen der rohen Fleischstücke für die Raubtiere, die Schreie bei der Fütterung sehr verletzten und dauernd bedrückten. Aber bei der Direktion vorstellig zu werden, wagte er nicht; immerhin verdankte er ja den Tieren die Menge der Besucher, unter denen sich hie und da auch ein für ihn Bestimmter finden konnte, und wer wußte, wohin man ihn verstecken würde, wenn er an seine Existenz erinnern wollte und damit auch daran, daß er, genau genommen, nur ein Hindernis auf dem Weg zu den Ställen war. Ein kleines Hindernis allerdings, ein immer kleiner werdendes Hindernis. Man gewöhnte sich an die Sonderbarkeit, in den heutigen Zeiten Aufmerksamkeit für einen Hungerkünstler beanspruchen zu wollen, und mit dieser Gewöhnung war das Urteil über ihn gesprochen. Er mochte so gut hungern, als er nur konnte, und er tat es, aber nichts konnte ihn mehr retten, man ging an ihm vorüber. Versuche, jemandem die Hungerkunst zu erklären! Wer es nicht fühlt, dem kann man es nicht begreiflich machen. Die schönen Aufschriften wurden schmutzig und unleserlich, man riß sie herunter, niemandem fiel es ein, sie zu ersetzen; das Täfelchen mit der Ziffer der abgeleisteten Hungertage, das in der ersten Zeit sorgfältig täglich erneut worden war, blieb schon längst immer das gleiche, denn nach den ersten Wochen war das Personal selbst dieser kleinen Arbeit überdrüssig geworden; und so hungerte zwar der Hungerkünstler weiter, wie er es früher einmal erträumt hatte, und es gelang ihm ohne Mühe ganz so, wie er es damals vorausgesagt hatte, aber niemand zählte die

Tage, niemand, nicht einmal der Hungerkünstler selbst wußte, wie groß die Leistung schon war, und sein Herz wurde schwer. Und wenn einmal in der Zeit ein Müßiggänger stehen blieb, sich über die alte Ziffer lustig machte und von Schwindel sprach, so war das in diesem Sinn die dümmste Lüge, welche Gleichgültigkeit und eingeborene Bösartigkeit erfinden konnte, denn nicht der Hungerkünstler betrog, er arbeitete ehrlich, aber die Welt betrog ihn um seinen Lohn.

Doch vergingen wieder viele Tage, und auch das nahm ein Ende. Einmal fiel einem Aufseher der Käfig auf, und er fragte die Diener, warum man hier diesen gut brauchbaren Käfig mit dem verfaulten Stroh drinnen unbenützt stehen lasse; niemand wußte es, bis sich einer mit Hilfe der Ziffertafel an den Hungerkünstler erinnerte. Man rührte mit Stangen das Stroh auf und fand den Hungerkünstler darin. »Du hungerst noch immer?« fragte der Aufseher, »wann wirst du denn endlich aufhören?« »Verzeiht mir alle«, flüsterte der Hungerkünstler; nur der Aufseher, der das Ohr ans Gitter hielt, verstand ihn. »Gewiß«, sagte der Aufseher und legte den Finger an die Stirn, um damit den Zustand des Hungerkünstlers dem Personal anzudeuten, »wir verzeihen dir.« »Immerfort wollte ich, daß ihr mein Hungern bewundert«, sagte der Hungerkünstler. »Wir bewundern es auch«, sagte der Aufseher entgegenkommend. »Ihr sollt es aber nicht bewundern«, sagte der Hungerkünstler. »Nun, dann bewundern wir es also nicht«, sagte der Aufseher, »warum sollen wir es denn nicht bewundern?« »Weil ich hungern muß, ich kann nicht anders«, sagte der Hungerkünstler. »Da sieh mal einer«, sagte der Aufseher, »warum kannst du denn nicht anders?« »Weil ich«, sagte der Hungerkünstler, hob das Köpfchen ein wenig und sprach mit wie zum Kuß gespitzten Lippen gerade in das Ohr des Aufsehers hinein, damit nichts verloren ginge, »weil ich nicht die Speise finden konnte, die mir schmeckt. Hätte ich sie gefunden, glaube mir, ich hätte kein Aufsehen gemacht und mich vollgegessen wie du und alle.« Das waren die letzten Worte, aber noch in seinen gebrochenen Augen war die feste, wenn auch nicht mehr stolze Überzeugung, daß er weiterhungre.

»Nun macht aber Ordnung!« sagte der Aufseher, und man begrub den Hungerkünstler samt dem Stroh. In den Käfig aber gab man einen jungen Panther. Es war eine selbst dem stumpfsten Sinn fühlbare Erholung, in dem so lange öden Käfig dieses wilde Tier sich herumwerfen zu sehn. Ihm fehlte nichts. Die Nahrung, die ihm schmeckte, brachten ihm ohne langes Nachdenken die Wächter; nicht einmal die Freiheit schien er zu vermissen; dieser edle, mit allem Nötigen bis knapp zum Zerreißen ausgestattete Körper schien auch die Freiheit mit sich herumzutragen; irgendwo im Gebiß schien sie zu stecken; und die Freude am Leben kam mit derart starker Glut aus seinem Rachen, daß es für die Zuschauer nicht leicht war, ihr standzuhalten. Aber sie überwanden sich, umdrängten den Käfig und wollten sich gar nicht fortrühren. *(LA S. 261–273. 1921/22)*

Josefine, die Sängerin, oder Das Volk der Mäuse

Unsere Sängerin heißt Josefine. Wer sie nicht gehört hat, kennt nicht die Macht des Gesanges. Es gibt niemanden, den ihr Gesang nicht fortreißt, was umso höher zu bewerten ist, als unser Geschlecht im ganzen Musik nicht liebt. Stiller Frieden ist uns die liebste Musik; unser Leben ist schwer, wir können uns, auch wenn wir einmal alle Tagessorgen abzuschütteln versucht haben, nicht mehr zu solchen, unserem sonstigen Leben so fernen Dingen erheben, wie es die Musik ist. Doch beklagen wir es nicht sehr; nicht einmal so weit kommen wir; eine gewisse praktische Schlauheit, die wir freilich auch äußerst dringend brauchen, halten wir für unsern größten Vorzug, und mit dem Lächeln dieser Schlauheit pflegen wir uns über alles hinwegzutrösten, auch wenn wir einmal – was aber nicht geschieht – das Verlangen nach dem Glück haben sollten, das von der Musik vielleicht ausgeht. Nur Josefine macht eine Ausnahme; sie liebt die Musik und weiß sie auch zu vermitteln; sie ist die einzige; mit ihrem Hingang wird die Musik – wer weiß wie lange – aus unserem Leben verschwinden.

Ich habe oft darüber nachgedacht, wie es sich mit dieser Musik eigentlich verhält. Wir sind doch ganz unmusikalisch; wie kommt es, daß wir Josefinens Gesang verstehn oder, da Josefine unser Verständnis leugnet, wenigstens zu verstehen glauben. Die einfachste Antwort wäre, daß die Schönheit dieses Gesanges so groß ist, daß auch der stumpfste Sinn ihr nicht widerstehen kann, aber diese Antwort ist nicht befriedigend. Wenn es wirklich so wäre, müßte man vor diesem Gesang zunächst und immer das Gefühl des Außerordentlichen haben, das Gefühl, aus dieser Kehle erklinge etwas, was wir nie vorher gehört haben und das zu hören wir auch gar nicht die Fähigkeit haben, etwas, was zu hören uns nur diese eine Josefine und niemand sonst befähigt. Gerade das trifft aber meiner Meinung nach nicht zu, ich fühle es nicht und habe auch bei andern nichts dergleichen bemerkt. Im vertrauten Kreise gestehen wir einander offen, daß Josefinens Gesang als Gesang nichts Außerordentliches darstellt.

Ist es denn überhaupt Gesang? Trotz unserer Unmusikalität haben wir Gesangsüberlieferungen; in den alten Zeiten unseres Volkes gab es Gesang; Sagen erzählen davon und sogar Lieder sind erhalten, die freilich niemand mehr singen kann. Eine Ahnung dessen, was Gesang ist, haben wir also und dieser Ahnung nun entspricht Josefinens Kunst eigentlich nicht. Ist es denn überhaupt Gesang? Ist es nicht vielleicht doch nur ein Pfeifen? Und Pfeifen allerdings kennen wir alle, es ist die eigentliche Kunstfertigkeit unseres Volkes, oder vielmehr gar keine Fertigkeit, sondern eine charakteristische Lebensäußerung. Alle pfeifen wir, aber freilich denkt niemand daran, das als Kunst auszugeben, wir pfeifen, ohne darauf zu achten, ja, ohne es zu merken und es gibt sogar viele unter uns, die gar nicht wissen, daß das Pfeifen zu unsern Eigentümlichkeiten gehört. Wenn es also wahr wäre, daß Josefine nicht singt, sondern nur pfeift und vielleicht gar, wie es mir wenigstens scheint, über die Grenzen des üblichen Pfeifens kaum hinauskommt – ja vielleicht reicht ihre Kraft für dieses übliche Pfeifen nicht einmal ganz hin, während es ein gewöhnlicher Erdarbeiter ohne Mühe den ganzen Tag über neben seiner Arbeit zustandebringt – wenn das alles wahr wäre, dann wäre zwar Josefinens angebliche Künstlerschaft widerlegt, aber es wäre dann erst recht das Rätsel ihrer großen Wirkung zu lösen.

Es ist aber eben doch nicht nur Pfeifen, was sie produziert. Stellt man sich recht weit von ihr hin und horcht, oder noch besser, läßt man sich in dieser Hinsicht prüfen, singt also Josefine etwa unter andern Stimmen und setzt man sich die Aufgabe, ihre Stimme zu erkennen, dann wird man unweigerlich nichts anderes heraushören, als ein gewöhnliches, höchstens durch Zartheit oder Schwäche ein wenig auffallendes Pfeifen. Aber steht man vor ihr, ist es doch nicht nur ein Pfeifen; es ist zum Verständnis ihrer Kunst notwendig, sie nicht nur zu hören sondern auch zu sehn. Selbst wenn es nur unser tagtägliches Pfeifen wäre, so besteht hier doch schon zunächst die Sonderbarkeit, daß jemand sich feierlich hinstellt, um nichts anderes als das Übliche zu tun. Eine Nuß aufknacken ist wahrhaftig keine Kunst, deshalb wird es auch niemand wagen, ein Publikum zusammenzurufen und vor ihm, um es zu unterhalten, Nüsse knacken. Tut er es dennoch und gelingt seine Absicht, dann kann es sich eben doch nicht nur um bloßes Nüsseknacken handeln. Oder es handelt sich um Nüsseknacken, aber es stellt sich heraus, daß wir über diese Kunst hinweggesehen haben, weil wir sie glatt beherrschten und daß uns dieser neue Nußknacker erst ihr eigentliches Wesen zeigt, wobei es dann für die Wirkung sogar nützlich sein könnte, wenn er etwas weniger tüchtig im Nüsseknacken ist als die Mehrzahl von uns.

Vielleicht verhält es sich ähnlich mit Josefinens Gesang; wir bewundern an ihr das, was wir an uns gar nicht bewundern; übrigens stimmt sie in letzterer Hinsicht mit uns völlig überein. Ich war einmal zugegen, als sie jemand, wie dies natürlich öfters geschieht, auf das allgemeine Volkspfeifen aufmerksam machte und zwar nur ganz bescheiden, aber für Josefine war es schon zu viel. Ein so freches, hochmütiges Lächeln, wie sie es damals aufsetzte, habe ich noch nicht gesehn; sie, die äußerlich eigentlich vollendete Zartheit ist, auffallend zart selbst in unserem an solchen Frauengestalten reichen Volk, erschien damals geradezu gemein; sie mochte es übrigens in ihrer großen Empfindlichkeit auch gleich selbst fühlen und faßte sich. Jedenfalls leugnet sie also jeden Zusammenhang zwischen ihrer Kunst und dem Pfeifen. Für die, welche gegenteiliger Meinung sind, hat sie nur Verachtung und wahrscheinlich uneingestandenen Haß. Das ist nicht gewöhnliche Eitelkeit, denn diese Opposition, zu der auch ich halb gehöre, bewundert sie gewiß nicht weniger als es die Menge tut, aber Josefine will nicht nur bewundert, sondern genau in der von ihr bestimmten Art bewundert sein, an Bewunderung allein liegt ihr nichts. Und wenn man vor ihr sitzt, versteht man sie; Opposition treibt man nur in der Ferne; wenn man vor ihr sitzt, weiß man: was sie hier pfeift, ist kein Pfeifen.

Da Pfeifen zu unseren gedankenlosen Gewohnheiten gehört, könnte man meinen, daß auch in Josefinens Auditorium gepfiffen wird; es wird uns wohl bei ihrer Kunst und wenn uns wohl ist, pfeifen wir; aber ihr Auditorium pfeift nicht, es ist mäuschenstill, so als wären wir des ersehnten Friedens teilhaftig geworden, von dem uns zumindest unser eigenes Pfeifen abhält, schweigen wir. Ist es ihr Gesang, der uns entzückt oder nicht vielmehr die feierliche Stille, von der das schwache Stimmchen umgeben ist? Einmal geschah es, daß irgendein törichtes kleines Ding während Josefinens Gesang in aller Unschuld auch zu pfeifen anfing. Nun, es war ganz dasselbe, was wir auch von Josefine hörten; dort vorne das trotz aller Routine immer noch schüchterne Pfeifen und hier im Publikum das selbstvergessene kindliche Gepfeife; den Unterschied zu bezeichnen, wäre unmöglich gewesen; aber doch zischten und pfiffen wir gleich die Störerin nieder, trotzdem es gar nicht nötig gewesen wäre, denn sie hätte sich gewiß auch sonst in Angst und Scham verkrochen, während Josefine ihr Triumphpfeifen anstimmte und ganz außer sich war mit ihren ausgespreizten Armen und dem gar nicht mehr höher dehnbaren Hals.

So ist sie übrigens immer, jede Kleinigkeit, jeden Zufall, jede Widerspenstigkeit, ein Knacken im Parkett, ein Zähneknirschen, eine Beleuchtungsstörung hält sie für geeignet, die Wirkung ihres Gesanges zu erhöhen; sie singt ja ihrer Meinung nach vor tauben Ohren; an Begeisterung und Beifall fehlt es nicht, aber auf wirkliches Verständnis, wie sie es meint, hat sie längst verzichten gelernt. Da kommen ihr denn alle Störungen sehr gelegen; alles, was sich von außen her der Reinheit ihres Gesanges entgegenstellt, in leichtem Kampf, ja ohne Kampf, bloß durch die Gegenüberstellung besiegt wird, kann dazu beitragen, die Menge zu erwecken, sie zwar nicht Verständnis, aber ahnungsvollen Respekt zu lehren.

Wenn ihr aber nun das Kleine so dient, wie erst das Große. Unser Leben ist sehr unruhig, jeder Tag bringt Überraschungen, Beängstigungen, Hoffnungen und Schrecken, daß der Einzelne unmöglich dies alles ertragen könnte, hätte er nicht jederzeit bei Tag und Nacht den Rückhalt der Genossen; aber selbst so wird es oft recht schwer; manchmal zittern selbst tausend Schultern unter der Last, die eigentlich nur für einen bestimmt war. Dann hält Josefine ihre Zeit für gekommen. Schon steht sie da, das zarte Wesen, besonders unterhalb der Brust beängstigend vibrierend, es ist, als hätte sie alle ihre Kraft im Gesang versammelt, als sei allem an ihr, was nicht dem Gesange unmittelbar diene, jede Kraft, fast jede Lebensmöglichkeit entzogen, als sei sie entblößt, preisgegeben, nur dem Schutze guter Geister überantwortet, als könne sie, während sie so, sich völlig entzogen, im Gesange wohnt, ein kalter Hauch im Vorüberwehn töten. Aber gerade bei solchem Anblick pflegen wir angeblichen Gegner uns zu sagen: »Sie kann nicht einmal pfeifen; so entsetzlich muß sie sich anstrengen, um nicht Gesang – reden wir nicht von Gesang – aber um das landesübliche Pfeifen einigermaßen sich abzuzwingen.« So scheint es uns, doch ist dies, wie erwähnt, ein zwar unvermeidlicher, aber flüchtiger, schnell vorübergehender Eindruck. Schon tauchen auch wir in das

Gefühl der Menge, die warm, Leib an Leib, scheu atmend horcht.

Und um diese Menge unseres fast immer in Bewegung befindlichen, wegen oft nicht sehr klarer Zwecke hin- und herschießenden Volkes um sich zu versammeln, muß Josefine meist nichts anderes tun, als mit zurückgelegtem Köpfchen, halboffenem Mund, der Höhe zugewandten Augen jene Stellung einnehmen, die darauf hindeutet, daß sie zu singen beabsichtigt. Sie kann dies tun, wo sie will, es muß kein weithin sichtbarer Platz sein, irgendein verborgener, in zufälliger Augenblickslaune gewählter Winkel ist ebensogut brauchbar. Die Nachricht, daß sie singen will, verbreitet sich gleich, und bald zieht es in Prozessionen hin. Nun, manchmal treten doch Hindernisse ein, Josefine singt mit Vorliebe gerade in aufgeregten Zeiten, vielfache Sorgen und Nöte zwingen uns dann zu vielerlei Wegen, man kann sich beim besten Willen nicht so schnell versammeln, wie es Josefine wünscht, und sie steht dort diesmal in ihrer großen Haltung vielleicht eine Zeit lang ohne genügende Hörerzahl – dann freilich wird sie wütend, dann stampft sie mit den Füßen, flucht ganz unmädchenhaft, ja sie beißt sogar. Aber selbst ein solches Verhalten schadet ihrem Rufe nicht; statt ihre übergroßen Ansprüche ein wenig einzudämmen, strengt man sich an, ihnen zu entsprechen; es werden Boten ausgeschickt, um Hörer herbeizuholen; es wird vor ihr geheim gehalten, daß das geschieht; man sieht dann auf den Wegen im Umkreis Posten aufgestellt, die den Herankommenden zuwinken, sie möchten sich beeilen; dies alles so lange, bis dann schließlich doch eine leidliche Anzahl beisammen ist.

Was treibt das Volk dazu, sich für Josefine so zu bemühen? Eine Frage, nicht leichter zu beantworten als die nach Josefinens Gesang, mit der sie ja auch zusammenhängt. Man könnte sie streichen und gänzlich mit der zweiten Frage vereinigen, wenn sich etwa behaupten ließe, daß das Volk wegen des Gesanges Josefine bedingungslos ergeben ist. Dies ist aber eben nicht der Fall; bedingungslose Ergebenheit kennt unser Volk kaum; dieses Volk, das über alles die freilich harmlose Schlauheit liebt, das kindliche

Wispern, den freilich unschuldigen, bloß die Lippen bewegenden Tratsch, ein solches Volk kann immerhin nicht bedingungslos sich hingeben, das fühlt wohl auch Josefine, das ist es, was sie bekämpft mit aller Anstrengung ihrer schwachen Kehle.

Nur darf man freilich bei solchen allgemeinen Urteilen nicht zu weit gehn, das Volk ist Josefine doch ergeben, nur nicht bedingungslos. Es wäre z.B. nicht fähig, über Josefine zu lachen. Man kann es sich eingestehn: an Josefine fordert manches zum Lachen auf; und an und für sich ist uns das Lachen immer nah; trotz allem Jammer unseres Lebens ist ein leises Lachen bei uns gewissermaßen immer zu Hause; aber über Josefine lachen wir nicht. Manchmal habe ich den Eindruck, das Volk fasse sein Verhältnis zu Josefine derart auf, daß sie, dieses zerbrechliche, schonungsbedürftige, irgendwie ausgezeichnete, ihrer Meinung nach durch Gesang ausgezeichnete Wesen ihm anvertraut sei und es müsse für sie sorgen; der Grund dessen ist niemandem klar, nur die Tatsache scheint festzustehn. Über das aber, was einem anvertraut ist, lacht man nicht; darüber zu lachen, wäre Pflichtverletzung; es ist das Äußerste an Boshaftigkeit, was die Boshaftesten unter uns Josefine zufügen, wenn sie manchmal sagen: »Das Lachen vergeht uns, wenn wir Josefine sehn.«

So sorgt also das Volk für Josefine in der Art eines Vaters, der sich eines Kindes annimmt, das sein Händchen – man weiß nicht recht, ob bittend oder fordernd – nach ihm ausstreckt. Man sollte meinen, unser Volk tauge nicht zur Erfüllung solcher väterlicher Pflichten, aber in Wirklichkeit versieht es sie, wenigstens in diesem Falle, musterhaft; kein Einzelner könnte es, was in dieser Hinsicht das Volk als Ganzes zu tun imstande ist. Freilich, der Kraftunterschied zwischen dem Volk und dem Einzelnen ist so ungeheuer, es genügt, daß es den Schützling in die Wärme seiner Nähe zieht, und er ist beschützt genug. Zu Josefine wagt man allerdings von solchen Dingen nicht zu reden. »Ich pfeife auf eueren Schutz«, sagt sie dann. »Ja, ja, du pfeifst«, denken wir. Und außerdem ist es wahrhaftig keine Widerlegung, wenn sie rebelliert, vielmehr ist das durchaus

Kindesart und Kindesdankbarkeit, und Art des Vaters ist es, sich nicht daran zu kehren.
Nun spricht aber doch noch anderes mit herein, das schwerer aus diesem Verhältnis zwischen Volk und Josefine zu erklären ist. Josefine ist nämlich der gegenteiligen Meinung, sie glaubt, sie sei es, die das Volk beschütze. Aus schlimmer politischer oder wirtschaftlicher Lage rettet uns angeblich ihr Gesang, nichts weniger als das bringt er zuwege, und wenn er das Unglück nicht vertreibt, so gibt er uns wenigstens die Kraft, es zu ertragen. Sie spricht es nicht so aus und auch nicht anders, sie spricht überhaupt wenig, sie ist schweigsam unter den Plappermäulern, aber aus ihren Augen blitzt es, von ihrem geschlossenen Mund – bei uns können nur wenige den Mund geschlossen halten, sie kann es – ist es abzulesen. Bei jeder schlechten Nachricht – und an manchen Tagen überrennen sie einander, falsche und halbrichtige darunter – erhebt sie sich sofort, während es sie sonst müde zu Boden zieht, erhebt sich und streckt den Hals und sucht den Überblick über ihre Herde wie der Hirt vor dem Gewitter. Gewiß, auch Kinder stellen ähnliche Forderungen in ihrer wilden, unbeherrschten Art, aber bei Josefine sind sie doch nicht so unbegründet wie bei jenen. Freilich, sie rettet uns nicht und gibt uns keine Kräfte, es ist leicht, sich als Retter dieses Volkes aufzuspielen, das leidensgewohnt, sich nicht schonend, schnell in Entschlüssen, den Tod wohl kennend, nur dem Anscheine nach ängstlich in der Atmosphäre von Tollkühnheit, in der es ständig lebt, und überdies ebenso fruchtbar wie wagemutig – es ist leicht, sage ich, sich nachträglich als Retter dieses Volkes aufzuspielen, das sich noch immer irgendwie selbst gerettet hat, sei es auch unter Opfern, über die der Geschichtsforscher – im allgemeinen vernachlässigen wir Geschichtsforschung gänzlich – vor Schrecken erstarrt. Und doch ist es wahr, daß wir gerade in Notlagen noch besser als sonst auf Josefinens Stimme horchen. Die Drohungen, die über uns stehen, machen uns stiller, bescheidener, für Josefinens Befehlshaberei gefügiger; gern kommen wir zusammen, gern drängen wir uns aneinander, besonders weil es bei einem Anlaß geschieht, der

ganz abseits liegt von der quälenden Hauptsache; es ist, als tränken wir noch schnell – ja, Eile ist nötig, das vergißt Josefine allzuoft – gemeinsam einen Becher des Friedens vor dem Kampf. Es ist nicht so sehr eine Gesangsvorführung als vielmehr eine Volksversammlung, und zwar eine Versammlung, bei der es bis auf das kleine Pfeifen vorne völlig still ist; viel zu ernst ist die Stunde, als daß man sie verschwätzen wollte.

Ein solches Verhältnis könnte nun freilich Josefine gar nicht befriedigen. Trotz all ihres nervösen Mißbehagens, welches Josefine wegen ihrer niemals ganz geklärten Stellung erfüllt, sieht sie doch, verblendet von ihrem Selbstbewußtsein, manches nicht und kann ohne große Anstrengung dazu gebracht werden, noch viel mehr zu übersehen, ein Schwarm von Schmeichlern ist in diesem Sinne, also eigentlich in einem allgemein nützlichen Sinne, immerfort tätig, – aber nur nebenbei, unbeachtet, im Winkel einer Volksversammlung zu singen, dafür würde sie, trotzdem es an sich gar nicht wenig wäre, ihren Gesang gewiß nicht opfern.

Aber sie muß es auch nicht, denn ihre Kunst bleibt nicht unbeachtet. Trotzdem wir im Grunde mit ganz anderen Dingen beschäftigt sind und die Stille durchaus nicht nur dem Gesange zuliebe herrscht und mancher gar nicht aufschaut, sondern das Gesicht in den Pelz des Nachbars drückt und Josefine also dort oben sich vergeblich abzumühen scheint, dringt doch – das ist nicht zu leugnen – etwas von ihrem Pfeifen unweigerlich auch zu uns. Dieses Pfeifen, das sich erhebt, wo allen anderen Schweigen auferlegt ist, kommt fast wie eine Botschaft des Volkes zu dem Einzelnen; das dünne Pfeifen Josefinens mitten in den schweren Entscheidungen ist fast wie die armselige Existenz unseres Volkes mitten im Tumult der feindlichen Welt. Josefine behauptet sich, dieses Nichts an Stimme, dieses Nichts an Leistung behauptet sich und schafft sich den Weg zu uns, es tut wohl, daran zu denken. Einen wirklichen Gesangskünstler, wenn einer einmal sich unter uns finden sollte, würden wir in solcher Zeit gewiß nicht ertragen und die Unsinnigkeit einer solchen Vorführung einmütig abweisen. Möge Josefine beschützt werden vor der Erkenntnis, daß die Tatsache, daß wir ihr zuhören, ein Beweis gegen ihren Gesang ist. Eine Ahnung dessen hat sie wohl, warum würde sie sonst so leidenschaftlich leugnen, daß wir ihr zuhören, aber immer wieder singt sie, pfeift sie sich über diese Ahnung hinweg.

Aber es gäbe auch sonst noch immer einen Trost für sie: wir hören ihr doch auch gewissermaßen wirklich zu, wahrscheinlich ähnlich, wie man einem Gesangskünstler zuhört; sie erreicht Wirkungen, die ein Gesangskünstler vergeblich bei uns anstreben würde und die nur gerade ihren unzureichenden Mitteln verliehen sind. Dies hängt wohl hauptsächlich mit unserer Lebensweise zusammen.

In unserem Volke kennt man keine Jugend, kaum eine winzige Kinderzeit. Es treten zwar regelmäßig Forderungen auf, man möge den Kindern eine besondere Freiheit, eine besondere Schonung gewährleisten, ihr Recht auf ein wenig Sorglosigkeit, ein wenig sinnloses Sichherumtummeln, auf ein wenig Spiel, dieses Recht möge man anerkennen und ihm zur Erfüllung verhelfen; solche Forderungen treten auf und fast jedermann billigt sie, es gibt nichts, was mehr zu billigen wäre, aber es gibt auch nichts, was in der Wirklichkeit unseres Lebens weniger zugestanden werden könnte, man billigt die Forderungen, man macht Versuche in ihrem Sinn, aber bald ist wieder alles beim Alten. Unser Leben ist eben derart, daß ein Kind, sobald es nur ein wenig läuft und die Umwelt ein wenig unterscheiden kann, ebenso für sich sorgen muß wie ein Erwachsener; die Gebiete, auf denen wir aus wirtschaftlichen Rücksichten zerstreut leben müssen, sind zu groß, unserer Feinde sind zu viele, die uns überall bereiteten Gefahren zu unberechenbar – wir können die Kinder vom Existenzkampfe nicht fernhalten, täten wir es, es wäre ihr vorzeitiges Ende. Zu diesen traurigen Gründen kommt freilich auch ein erhebender: die Fruchtbarkeit unseres Stammes. Eine Generation – und jede ist zahlreich – drängt die andere, die Kinder haben nicht Zeit, Kinder zu sein. Mögen bei anderen Völkern die Kinder sorgfältig gepflegt werden, mögen dort Schulen für die Kleinen errichtet sein, mögen dort aus diesen Schulen täglich die Kinder strömen, die Zukunft des Volkes, so sind es doch immer lange Zeit Tag für Tag die gleichen Kinder, die dort hervorkommen. Wir haben keine Schulen, aber aus unserem Volke strömen in allerkürzesten Zwischenräumen die unübersehbaren Scharen unserer Kinder, fröhlich zischend oder piepsend, solange sie noch nicht pfeifen können, sich wälzend oder kraft des Druckes weiterrollend, solange sie noch nicht laufen können, täppisch durch ihre Masse alles mit sich fortreißend, solange sie noch nicht sehen können, unsere Kinder! Und nicht wie in jenen Schulen die gleichen Kinder, nein, immer, immer wieder neue, ohne Ende, ohne Unterbrechung, kaum erscheint ein Kind, ist es nicht mehr Kind, aber schon drängen hinter ihm die neuen Kindergesichter ununterscheidbar in ihrer Menge und Eile, rosig vor Glück. Freilich, wie schön dies auch sein mag und wie sehr uns andere darum auch mit Recht beneiden mögen, eine wirkliche Kinderzeit können wir eben unseren Kindern nicht geben. Und das hat seine Folgewirkungen. Eine gewisse unerstorbene, unausrottbare Kindlichkeit durchdringt unser Volk; im geraden Widerspruch zu unserem Besten, dem untrüglichen praktischen Verstande, handeln wir manchmal ganz und gar töricht, und zwar eben in der Art, wie Kinder töricht handeln, sinnlos, verschwenderisch, großzügig, leichtsinnig und dies alles oft einem kleinen Spaß zuliebe. Und wenn unsere Freude darüber natürlich nicht mehr die volle Kraft der Kinderfreude haben kann, etwas von dieser lebt darin noch gewiß. Von dieser Kindlichkeit unseres Volkes profitiert seit jeher auch Josefine.

Aber unser Volk ist nicht nur kindlich, es ist gewissermaßen auch vorzeitig alt, Kindheit und Alter machen sich bei uns anders als bei anderen. Wir haben keine Jugend, wir sind gleich Erwachsene, und Erwachsene sind wir dann zu lange, eine gewisse Müdigkeit und Hoffnungslosigkeit durchzieht von da aus mit breiter Spur das im ganzen doch so zähe und hoffnungsstarke Wesen unseres Volkes. Damit hängt wohl auch unsere Unmusikalität zusammen; wir sind zu alt für Musik, ihre Erregung, ihr Aufschwung paßt nicht für unsere Schwere, müde winken wir ihr ab; wir haben uns auf das Pfeifen zurückgezogen; ein wenig Pfeifen hie und da, das ist das Richtige für uns. Wer weiß, ob es nicht Musiktalente unter uns gibt; wenn es sie aber gäbe, der Charakter der Volksgenossen müßte sie noch vor ihrer Entfaltung unterdrücken. Dagegen mag Josefine nach ihrem Belieben pfeifen oder singen oder wie sie es nennen will, das stört uns nicht, das entspricht uns, das können wir wohl vertragen; wenn darin etwas von Musik enthalten sein sollte, so ist es auf die möglichste Nichtigkeit reduziert; eine gewisse Musiktradition wird gewahrt, aber ohne daß uns dies im geringsten beschweren würde.

Aber Josefine bringt diesem so gestimmten Volke noch mehr. Bei ihren Konzerten, besonders in ernster Zeit, haben nur noch die ganz Jungen Interesse an der Sängerin als solcher, nur sie sehen mit Staunen zu, wie sie ihre Lippen kräuselt, zwischen den niedlichen Vorderzähnen die Luft ausstößt, in Bewunderung der Töne, die sie selbst hervorbringt, erstirbt und dieses Hinsinken benützt, um sich zu neuer, ihr immer unverständlicher werdender Leistung anzufeuern, aber die eigentliche Menge hat sich – das ist deutlich zu erkennen – auf sich selbst zurückgezogen. Hier in den dürftigen Pausen zwischen den Kämpfen träumt das Volk, es ist, als lösten sich dem Einzelnen die Glieder, als dürfte sich der Ruhelose einmal nach seiner Lust im großen warmen Bett des Volkes dehnen und strecken. Und in diese Träume klingt hie und da Josefinens Pfeifen; sie nennt es perlend, wir nennen es stoßend; aber jedenfalls ist es hier an seinem Platze, wie nirgends sonst, wie Musik kaum jemals den auf sie wartenden Augenblick findet. Etwas von der armen kurzen Kindheit ist darin, etwas von verlorenem, nie wieder aufzufindendem Glück, aber auch etwas vom tätigen heutigen Leben ist darin, von seiner kleinen, unbegreiflichen und dennoch bestehenden und nicht zu ertötenden Munterkeit. Und dies alles ist wahrhaftig nicht mit großen Tönen gesagt, sondern leicht, flüsternd, vertraulich, manchmal ein wenig heiser. Natürlich ist es ein Pfeifen. Wie denn nicht? Pfeifen ist die Sprache unseres Volkes, nur pfeift mancher sein Leben lang und weiß es nicht, hier aber ist das Pfeifen freigemacht von den Fesseln des täglichen Lebens und befreit auch uns für eine kurze Weile. Gewiß, diese Vorführungen wollten wir nicht missen.

Aber von da bis zu Josefinens Behauptung, sie gebe uns in solchen Zeiten neue Kräfte usw. usw., ist noch ein sehr weiter Weg. Für gewöhnliche Leute allerdings, nicht für Josefinens Schmeichler. »Wie könnte es anders sein« – sagen sie in recht unbefangener Keckheit – »wie könnte man anders den großen Zulauf, besonders unter unmittelbar drängender Gefahr, erklären, der schon manchmal sogar die genügende, rechtzeitige Abwehr eben dieser Gefahr verhindert hat.« Nun, dies letztere ist leider richtig, gehört aber doch nicht zu den Ruhmestiteln Josefinens, besonders wenn man hinzufügt, daß, wenn solche Versammlungen unerwartet vom Feind gesprengt wurden, und mancher der unserigen dabei sein Leben lassen mußte, Josefine, die alles verschuldet, ja, durch ihr Pfeifen den Feind vielleicht angelockt hatte, immer im Besitz des sichersten Plätzchens war und unter dem Schutze ihres Anhanges sehr still und eiligst als erste verschwand. Aber auch dieses wissen im Grunde alle, und dennoch eilen sie wieder hin, wenn Josefine nächstens nach ihrem Belieben irgendwo, irgendwann zum Gesange sich erhebt. Daraus könnte man schließen, daß Josefine fast außerhalb des Gesetzes steht, daß sie tun darf, was sie will, selbst wenn es die Gesamtheit gefährdet, und daß ihr alles verziehen wird. Wenn dies so wäre, dann wären auch Josefinens Ansprüche völlig verständlich, ja, man könnte gewissermaßen in dieser Freiheit, die ihr das Volk geben würde, in diesem außerordentlichen, niemand sonst gewährten, die Gesetze eigentlich widerlegenden Geschenk ein Eingeständnis dessen sehen, daß das Volk Josefine, wie sie es behauptet, nicht versteht, ohnmächtig ihre Kunst anstaunt, sich ihrer nicht würdig fühlt, dieses Leid, das es Josefine tut, durch eine geradezu verzweifelte Leistung auszugleichen strebt und, so wie ihre Kunst außerhalb seines Fassungsvermögens ist, auch ihre Person und deren Wünsche außerhalb seiner Befehlsgewalt stellt. Nun, das ist allerdings ganz und

gar nicht richtig, vielleicht kapituliert im einzelnen das Volk zu schnell vor Josefine, aber wie es bedingungslos vor niemandem kapituliert, also auch nicht vor ihr.
Schon seit langer Zeit, vielleicht schon seit Beginn ihrer Künstlerlaufbahn, kämpft Josefine darum, daß sie mit Rücksicht auf ihren Gesang von jeder Arbeit befreit werde; man solle ihr also die Sorge um das tägliche Brot und alles, was sonst mit unserem Existenzkampf verbunden ist, abnehmen und es – wahrscheinlich – auf das Volk als Ganzes überwälzen. Ein schnell Begeisterter – es fanden sich auch solche – könnte schon allein aus der Sonderbarkeit dieser Forderung, aus der Geistesverfassung, die eine solche Forderung auszudenken imstande ist, auf deren innere Berechtigung schließen. Unser Volk zieht aber andere Schlüsse, und lehnt ruhig die Forderung ab. Es müht sich auch mit der Widerlegung der Gesuchsbegründung nicht sehr ab. Josefine weist z. B. darauf hin, daß die Anstrengung bei der Arbeit ihrer Stimme schade, daß zwar die Anstrengung bei der Arbeit gering sei im Vergleich zu jener beim Gesang, daß sie ihr aber doch die Möglichkeit nehme, nach dem Gesang sich genügend auszuruhen und für neuen Gesang sich zu stärken, sie müsse sich dabei gänzlich erschöpfen und könne trotzdem unter diesen Umständen ihre Höchstleistung niemals erreichen. Das Volk hört sie an und geht darüber hinweg. Dieses so leicht zu rührende Volk ist manchmal gar nicht zu rühren. Die Abweisung ist manchmal so hart, daß selbst Josefine stutzt, sie scheint sich zu fügen, arbeitet wie sichs gehört, singt so gut sie kann, aber das alles nur eine Weile, dann nimmt sie den Kampf mit neuen Kräften – dafür scheint sie unbeschränkt viele zu haben – wieder auf.
Nun ist es ja klar, daß Josefine nicht eigentlich das anstrebt, was sie wörtlich verlangt. Sie ist vernünftig, sie scheut die Arbeit nicht, wie ja Arbeitsscheu überhaupt bei uns unbekannt ist, sie würde auch nach Bewilligung ihrer Forderung gewiß nicht anders leben als früher, die Arbeit würde ihrem Gesang gar nicht im Wege stehn, und der Gesang allerdings würde auch nicht schöner werden – was sie anstrebt, ist also nur die öffentliche, eindeutige, die

Zeiten überdauernde, über alles bisher Bekannte sich weit erhebende Anerkennung ihrer Kunst. Während ihr aber fast alles andere erreichbar scheint, versagt sich ihr dieses hartnäckig. Vielleicht hätte sie den Angriff gleich anfangs in andere Richtung lenken sollen, vielleicht sieht sie jetzt selbst den Fehler ein, aber nun kann sie nicht mehr zurück, ein Zurückgehen hieße sich selbst untreu werden, nun muß sie schon mit dieser Forderung stehen oder fallen.

Hätte sie wirklich Feinde, wie sie sagt, sie könnten diesem Kampfe, ohne selbst den Finger rühren zu müssen, belustigt zusehen. Aber sie hat keine Feinde, und selbst wenn mancher hie und da Einwände gegen sie hat, dieser Kampf belustigt niemanden. Schon deshalb nicht, weil sich hier das Volk in seiner kalten richterlichen Haltung zeigt, wie man es sonst bei uns nur sehr selten sieht. Und wenn einer auch diese Haltung in diesem Falle billigen mag, so schließt doch die bloße Vorstellung, daß sich einmal das Volk ähnlich gegen ihn selbst verhalten könnte, jede Freude aus. Es handelt sich eben auch bei der Abweisung, ähnlich wie bei der Forderung, nicht um die Sache selbst, sondern darum, daß sich das Volk gegen einen Volksgenossen derart undurchdringlich abschließen kann und umso undurchdringlicher, als es sonst für eben diesen Genossen väterlich und mehr als väterlich, demütig sorgt.

Stünde hier an Stelle des Volkes ein Einzelner: man könnte glauben, dieser Mann habe die ganze Zeit über Josefine nachgegeben unter dem fortwährenden brennenden Verlangen endlich der Nachgiebigkeit ein Ende zu machen; er habe übermenschlich viel nachgegeben im festen Glauben, daß das Nachgeben trotzdem seine richtige Grenze finden werde; ja, er habe mehr nachgegeben als nötig war, nur um die Sache zu beschleunigen, nur, um Josefine zu verwöhnen und zu immer neuen Wünschen zu treiben, bis sie dann wirklich diese letzte Forderung erhob; da habe er nun freilich, kurz, weil längst vorbereitet, die endgültige Abweisung vorgenommen. Nun, so verhält es sich ganz gewiß nicht, das Volk braucht solche Listen nicht, außerdem ist seine Verehrung für Josefine aufrichtig und erprobt und Josefinens Forderung ist allerdings so stark,

daß jedes unbefangene Kind ihr den Ausgang hätte voraussagen können; trotzdem mag es sein, daß in der Auffassung, die Josefine von der Sache hat, auch solche Vermutungen mitspielen und dem Schmerz der Abgewiesenen eine Bitternis hinzufügen.
Aber mag sie auch solche Vermutungen haben, vom Kampf abschrecken läßt sie sich dadurch nicht. In letzter Zeit verschärft sich sogar der Kampf; hat sie ihn bisher nur durch Worte geführt, fängt sie jetzt an, andere Mittel anzuwenden, die ihrer Meinung nach wirksamer, unserer Meinung nach für sie selbst gefährlicher sind.
Manche glauben, Josefine werde deshalb so dringlich, weil sie sich alt werden fühle, die Stimme Schwächen zeige, und es ihr daher höchste Zeit zu sein scheine, den letzten Kampf um ihre Anerkennung zu führen. Ich glaube daran nicht. Josefine wäre nicht Josefine, wenn dies wahr wäre. Für sie gibt es kein Altern und keine Schwächen ihrer Stimme. Wenn sie etwas fordert, so wird sie nicht durch äußere Dinge, sondern durch innere Folgerichtigkeit dazu gebracht. Sie greift nach dem höchsten Kranz, nicht, weil er im Augenblick gerade ein wenig tiefer hängt, sondern weil es der höchste ist; wäre es in ihrer Macht, sie würde ihn noch höher hängen.
Diese Mißachtung äußerer Schwierigkeiten hindert sie allerdings nicht, die unwürdigsten Mittel anzuwenden. Ihr Recht steht ihr außer Zweifel; was liegt also daran, wie sie es erreicht; besonders da doch in dieser Welt, so wie sie sich ihr darstellt, gerade die würdigen Mittel versagen müssen. Vielleicht hat sie sogar deshalb den Kampf um ihr Recht aus dem Gebiet des Gesanges auf ein anderes ihr wenig teures verlegt. Ihr Anhang hat Aussprüche von ihr in Umlauf gebracht, nach denen sie sich durchaus fähig fühlt, so zu singen, daß es dem Volk in allen seinen Schichten bis in die versteckteste Opposition hinein eine wirkliche Lust wäre, wirkliche Lust nicht im Sinne des Volkes, welches ja behauptet, diese Lust seit jeher bei Josefinens Gesang zu fühlen, sondern Lust im Sinne von Josefinens Verlangen. Aber, fügt sie hinzu, da sie das Hohe nicht fälschen und dem Gemeinen nicht schmeicheln könne, müsse es eben

bleiben, wie es sei. Anders aber ist es bei ihrem Kampf um die Arbeitsbefreiung, zwar ist es auch ein Kampf um ihren Gesang, aber hier kämpft sie nicht unmittelbar mit der kostbaren Waffe des Gesanges, jedes Mittel, das sie anwendet, ist daher gut genug.

So wurde z. B. das Gerücht verbreitet, Josefine beabsichtige, wenn man ihr nicht nachgebe, die Koloraturen zu kürzen. Ich weiß nichts von Koloraturen, habe in ihrem Gesange niemals etwas von Koloraturen bemerkt. Josefine aber will die Koloraturen kürzen, vorläufig nicht beseitigen, sondern nur kürzen. Sie hat angeblich ihre Drohung wahr gemacht, mir allerdings ist kein Unterschied gegenüber ihren früheren Vorführungen aufgefallen. Das Volk als Ganzes hat zugehört wie immer, ohne sich über die Koloraturen zu äußern, und auch die Behandlung von Josefinens Forderung hat sich nicht geändert. Übrigens hat Josefine, wie in ihrer Gestalt, unleugbar auch in ihrem Denken manchmal etwas recht Graziöses. So hat sie z. B. nach jener Vorführung, so als sei ihr Entschluß hinsichtlich der Koloraturen gegenüber dem Volk zu hart oder zu plötzlich gewesen, erklärt, nächstens werde sie die Koloraturen doch wieder vollständig singen. Aber nach dem nächsten Konzert besann sie sich wieder anders, nun sei es endgültig zu Ende mit den großen Koloraturen, und vor einer für Josefine günstigen Entscheidung kämen sie nicht wieder. Nun, das Volk hört über alle diese Erklärungen, Entschlüsse und Entschlußänderungen hinweg, wie ein Erwachsener in Gedanken über das Plaudern eines Kindes hinweghört, grundsätzlich wohlwollend, aber unerreichbar.

Josefine aber gibt nicht nach. So behauptete sie z. B. neulich, sie habe sich bei der Arbeit eine Fußverletzung zugezogen, die ihr das Stehen während des Gesanges beschwerlich mache; da sie aber nur stehend singen könne, müsse sie jetzt sogar die Gesänge kürzen. Trotzdem sie hinkt und sich von ihrem Anhang stützen läßt, glaubt niemand an eine wirkliche Verletzung. Selbst die besondere Empfindlichkeit ihres Körperchens zugegeben, sind wir doch ein Arbeitsvolk und auch Josefine gehört zu ihm;

wenn wir aber wegen jeder Hautabschürfung hinken wollten, dürfte das ganze Volk mit Hinken gar nicht aufhören. Aber mag sie sich wie eine Lahme führen lassen, mag sie sich in diesem bedauernswerten Zustand öfters zeigen als sonst, das Volk hört ihren Gesang dankbar und entzückt wie früher, aber wegen der Kürzung macht es nicht viel Aufhebens.

Da sie nicht immerfort hinken kann, erfindet sie etwas anderes, sie schützt Müdigkeit vor, Mißstimmung, Schwäche. Wir haben nun außer dem Konzert auch ein Schauspiel. Wir sehen hinter Josefine ihren Anhang, wie er sie bittet und beschwört zu singen. Sie wollte gern, aber sie kann nicht. Man tröstet sie, umschmeichelt sie, trägt sie fast auf den schon vorher ausgesuchten Platz, wo sie singen soll. Endlich gibt sie mit undeutbaren Tränen nach, aber wie sie mit offenbar letztem Willen zu singen anfangen will, matt, die Arme nicht wie sonst ausgebreitet, sondern am Körper leblos herunterhängend, wobei man den Eindruck erhält, daß sie vielleicht ein wenig zu kurz sind – wie sie so anstimmen will, nun, da geht es doch wieder nicht, ein unwilliger Ruck des Kopfes zeigt es an und sie sinkt vor unseren Augen zusammen. Dann allerdings rafft sie sich doch wieder auf und singt, ich glaube, nicht viel anders als sonst, vielleicht wenn man für feinste Nuancen das Ohr hat, hört man ein wenig außergewöhnliche Erregung heraus, die der Sache aber nur zugute kommt. Und am Ende ist sie sogar weniger müde als vorher, mit festem Gang, soweit man ihr huschendes Trippeln so nennen kann, entfernt sie sich, jede Hilfe des Anhangs ablehnend und mit kalten Blicken die ihr ehrfurchtsvoll ausweichende Menge prüfend.

So war es letzthin, das Neueste aber ist, daß sie zu einer Zeit, wo ihr Gesang erwartet wurde, verschwunden war. Nicht nur der Anhang sucht sie, viele stellen sich in den Dienst des Suchens, es ist vergeblich; Josefine ist verschwunden, sie will nicht singen, sie will nicht einmal darum gebeten werden, sie hat uns diesmal völlig verlassen.

Sonderbar, wie falsch sie rechnet, die Kluge, so falsch, daß man glauben sollte, sie rechne gar nicht, sondern werde nur weiter getrieben von ihrem Schicksal, das in unserer Welt nur ein sehr trauriges werden kann. Selbst entzieht sie sich dem Gesang, selbst zerstört sie die Macht, die sie über die Gemüter erworben hat. Wie konnte sie nur diese Macht erwerben, da sie diese Gemüter so wenig kennt. Sie versteckt sich und singt nicht, aber das Volk, ruhig, ohne sichtbare Enttäuschung, herrisch, eine in sich ruhende Masse, die förmlich, auch wenn der Anschein dagegen spricht, Geschenke nur geben, niemals empfangen kann, auch von Josefine nicht, dieses Volk zieht weiter seines Weges.

Mit Josefine aber muß es abwärts gehn. Bald wird die Zeit kommen, wo ihr letzter Pfiff ertönt und verstummt. Sie ist eine kleine Episode in der ewigen Geschichte unseres Volkes und das Volk wird den Verlust überwinden. Leicht wird es uns ja nicht werden; wie werden die Versammlungen in völliger Stummheit möglich sein? Freilich, waren sie nicht auch mit Josefine stumm? War ihr wirkliches Pfeifen nennenswert lauter und lebendiger, als die Erinnerung daran sein wird? War es denn noch bei ihren Lebzeiten mehr als eine bloße Erinnerung? Hat nicht vielmehr das Volk in seiner Weisheit Josefinens Gesang, eben deshalb, weil er in dieser Art unverlierbar war, so hoch gestellt? Vielleicht werden wir also gar nicht sehr viel entbehren, Josefine aber, erlöst von der irdischen Plage, die aber ihrer Meinung nach Auserwählten bereitet ist, wird fröhlich sich verlieren in der zahllosen Menge der Helden unseres Volkes, und bald, da wir keine Geschichte treiben, in gesteigerter Erlösung vergessen sein wie alle ihre Brüder.

(LA S. 274–294. Frühjahr 1924)

II. Erzählungen aus dem Nachlaß

[Der Jäger Gracchus]

Zwei Knaben saßen auf der Quaimauer und spielten Würfel. Ein Mann las eine Zeitung auf den Stufen eines Denkmals im Schatten des säbelschwingenden Helden. Ein Mädchen am Brunnen füllte Wasser in ihre Bütte. Ein Obstverkäufer lag neben seiner Ware und blickte auf den See hinaus. In der Tiefe einer Kneipe sah man durch die leeren Tür- und Fensterlöcher zwei Männer beim Wein. Der Wirt saß vorn auf einem Tisch und schlummerte. Eine Barke schwebte leise als werde sie über dem Wasser getragen in den kleinen Hafen. Ein Mann in blauem Kittel stieg ans Land und zog die Seile durch die Ringe. Zwei andere Männer in dunklen Röcken mit Silberknöpfen trugen hinter dem Bootsmann eine Bahre auf der unter einem großen blumengemusterten gefransten Seidentuch offenbar ein Mensch lag. Auf dem Quai kümmerte sich niemand um die Ankömmlinge, selbst als sie die Bahre niederstellten um auf den Bootsführer zu warten, der noch an den Seilen arbeitete, trat niemand heran, niemand richtete eine Frage an sie, niemand sah sie genauer an. Der Führer wurde noch ein wenig aufgehalten durch eine Frau, die ein Kind an der Brust mit aufgelösten Haaren sich jetzt auf Deck zeigte. Dann kam er, wies auf ein gelbliches zweistöckiges Haus, das sich links nahe beim Wasser geradlinig erhob, die Träger nahmen die Last auf und trugen sie durch das niedrige aber von schlanken Säulen gebildete Tor. Ein kleiner Junge öffnete ein Fenster, bemerkte noch gerade wie der Trupp im Haus verschwand und schloß das Fenster wieder eilig. Auch das Tor wurde nun geschlossen, es war aus schwerem Eichenholz sorgfältig gefügt. Ein Taubenschwarm der bisher den Glockenturm umflogen hatte, ließ sich jetzt auf dem Platz vor dem Hause nieder. Als werde im Hause ihre Nahrung aufbewahrt, sammelten sich die Tauben vor dem Tor. Eine flog bis zum ersten

Stock auf und pickte an die Fensterscheibe. Es waren hellfarbige, wohlgepflegte lebhafte Tiere. In großem Schwung warf ihnen die Frau aus der Barke Körner hin, sie sammelten sie auf und flogen dann zur Frau hinüber. Ein alter Mann in Cylinderhut mit Trauerband kam eine der schmalen stark abfallenden Gäßchen, die zum Hafen führten herab. Er blickte aufmerksam umher, alles bekümmerte ihn, der Anblick von Unrat in einem Winkel ließ ihn das Gesicht verzerren, auf den Stufen des Denkmals lagen Obstschalen, er schob sie im Vorübergehn mit seinem Stock hinunter. An der Säulentür klopfte er an, gleichzeitig nahm er den Cylinderhut in seine schwarz behandschuhte Rechte. Gleich wurde geöffnet, wohl fünfzig kleine Knaben bildeten ein Spalier im langen Flurgang und verbeugten sich. Der Bootsführer kam die Treppe herab, begrüßte den Herrn, führte ihn hinauf, im ersten Stockwerk umgieng er mit ihm den von leicht gebauten Loggien umgebenen Hof und beide traten, während die Knaben in respektvoller Entfernung nachdrängten in einen kühlen großen Raum an der Hinterseite des Hauses, dem gegenüber kein Haus mehr, sondern nur eine kahle grauschwarze Felsenwand zu sehen war. Die Träger waren damit beschäftigt zu Häupten der Bahre einige lange Kerzen aufzustellen und anzuzünden; aber Licht entstand dadurch nicht, es wurden förmlich nur die früher ruhenden Schatten aufgescheucht und flackerten über die Wände. Von der Bahre war das Tuch zurückgeschlagen. Es lag dort ein Mann mit wild durcheinandergewachsenem Haar und Bart, gebräunter Haut, etwa einem Jäger gleichend. Er lag bewegungslos, scheinbar atemlos, mit geschlossenen Augen da, trotzdem deutete nur die Umgebung an, daß es vielleicht ein Toter war.
Der Herr trat zur Bahre, legte eine Hand dem Daliegenden auf die Stirn, kniete dann nieder und betete. Der Bootsführer winkte den Trägern, das Zimmer zu verlassen, sie giengen hinaus, vertrieben die Knaben, die sich draußen angesammelt hatten und schlossen die Tür. Dem Herrn schien aber auch diese Stille noch nicht zu genügen, er sah den Bootsführer an, dieser verstand und gieng durch eine Seitentür ins Nebenzimmer. Sofort schlug der Mann auf

der Bahre die Augen auf, wandte schmerzlich lächelnd das Gesicht dem Herrn zu und sagte: »Wer bist Du?« Der Herr erhob sich ohne sichtbares Staunen aus seiner knieenden Stellung und antwortete: »Der Bürgermeister von Riva.« Der Mann auf der Bahre nickte, zeigte mit schwach ausgestrecktem Arm auf einen Sessel und sagte, nachdem der Bürgermeister seiner Einladung gefolgt war: »Ich wußte es ja Herr Bürgermeister, aber im ersten Augenblick habe ich immer alles vergessen, alles geht mir in der Runde und es ist besser ich frage, auch wenn ich alles weiß. Auch Sie wissen wahrscheinlich, daß ich der Jäger Gracchus bin.« »Gewiß«, sagte der Bürgermeister, »Sie wurden mir heute in der Nacht angekündigt. Wir schliefen längst. Da rief gegen Mitternacht meine Frau: ›Salvatore‹ – so heiße ich – ›sieh die Taube im Fenster.‹ Es war wirklich eine Taube, aber groß wie ein Hahn. Sie flog zu meinem Ohr und sagte: ›Morgen kommt der tote Jäger Gracchus, empfange ihn im Namen der Stadt.‹« Der Jäger nickte und zog die Zungenspitze zwischen den Lippen durch: »Ja die Tauben fliegen vor mir her. Glauben Sie aber Herr Bürgermeister daß ich in Riva bleiben soll?« »Das kann ich noch nicht sagen«, antwortete der Bürgermeister. »Sind Sie tot?« »Ja«, sagte der Jäger, »wie Sie sehn. Vor vielen Jahren, es müssen aber schon ungemein viel Jahre sein, stürzte ich im Schwarzwald, das ist in Deutschland, von einem Felsen, als ich eine Gemse verfolgte. Seitdem bin ich tot.« »Aber Sie leben doch auch?« sagte der Bürgermeister. »Gewissermaßen«, sagte der Jäger, »gewissermaßen lebe ich auch. Mein Todeskahn verfehlte die Fahrt, eine falsche Drehung des Steuers, ein Augenblick der Unaufmerksamkeit des Führers, eine Ablenkung durch meine wunderschöne Heimat, ich weiß nicht was es war, nur das weiß ich, daß ich auf der Erde blieb und daß mein Kahn seither die irdischen Gewässer befährt. So reise ich, der nur in seinen Bergen leben wollte, nach meinem Tode durch alle Länder der Erde.« »Und Sie haben keinen Teil am Jenseits?« fragte der Bürgermeister mit gerunzelter Stirne. »Ich bin«, antwortete der Jäger, »immer auf der großen Treppe die hinaufführt. Auf dieser unendlich weiten Freitreppe treibe ich mich herum, bald oben bald unten, bald rechts bald links, immer in Bewegung. Nehme ich aber den größten Aufschwung und leuchtet mir schon oben das Tor, erwache ich auf meinem alten in irgendeinem irdischen Gewässer öde steckenden Kahn. Der Grundfehler meines einstmaligen Sterbens umgrinst mich in meiner Kajüte, Julia die Frau des Bootsführers klopft und bringt mir zu meiner Bahre das Morgengetränk des Landes, dessen Küste wir gerade befahren.« »Ein schlimmes Schicksal«, sagte der Bürgermeister mit abwehrend erhobener Hand. »Und Sie tragen gar keine Schuld daran?« »Keine«, sagte der Jäger, »ich war Jäger, ist das etwa eine Schuld? Aufgestellt war ich als Jäger im Schwarzwald, wo es damals noch Wölfe gab. Ich lauerte auf, schoß, traf, zog das Fell ab, ist das eine Schuld? Meine Arbeit wurde gesegnet. Der große Jäger vom Schwarzwald hieß ich. Ist das eine Schuld?« »Ich bin nicht berufen, das zu entscheiden«, sagte der Bürgermeister, »doch scheint auch mir keine Schuld darin zu liegen. Aber wer trägt dann die Schuld?« »Der Bootsmann«, sagte der Jäger

---

Jeder Mensch trägt ein Zimmer in sich. Diese Tatsache kann man sogar durch das Gehör nachprüfen. Wenn einer schnell geht und man hinhorcht, etwa in der Nacht wenn alles ringsherum still ist, so hört man z. B. das Scheppern eines nicht genug befestigten Wandspiegels oder der Schirm

»Und nun gedenken Sie bei uns in Riva zu bleiben?« fragte der Bürgermeister. »Ich gedenke nicht«, sagte der Jäger lächelnd und legte um den Spott gutzumachen die Hand auf das Knie des Bürgermeisters. »Ich bin hier, mehr weiß ich nicht, mehr kann ich nicht tun. Mein Kahn ist ohne Steuer, er fährt mit dem Wind der in den untersten Regionen des Todes bläst.«

Ich bin der Jäger Gracchus, meine Heimat ist der Schwarzwald in Deutschland.

Niemand wird lesen, was ich hier schreibe; niemand wird kommen, mir zu helfen; wäre als Aufgabe gesetzt mir zu helfen, so blieben alle Türen aller Häuser geschlossen, alle Fenster geschlossen, alle lägen in den Betten, die Decken über den Kopf geschlagen, eine nächtliche Herberge die ganze Erde. Das hat guten Sinn, denn niemand weiß von mir, und wüßte er von mir so wüßte er meinen Aufenthalt nicht und wüßte er meinen Aufenthalt, so wüßte er mich dort nicht festzuhalten und wüßte er mich dort festzuhalten so wüßte er nicht wie mir helfen. Der Gedanke mir helfen zu wollen ist eine Krankheit und muß im Bett geheilt werden.

Das weiß ich und schreibe also nicht um Hilfe herbeizurufen, selbst wenn ich in Augenblicken, unbeherrscht wie ich bin, z. B. gerade jetzt sehr stark daran denke. Aber es genügt wohl zum Austreiben solcher Gedanken, wenn ich umherblicke und mir vergegenwärtige wo ich bin und – das darf ich wohl behaupten – seit Jahrhunderten wohne. Ich liege während ich dieses schreibe auf einer Holzpritsche, habe – es ist kein Vergnügen mich zu betrachten – ein schmutziges Totenhemd an, Haar und Bart, grau und schwarz geht unentwirrbar durcheinander, meine Beine sind mit einem großen seidenen blumengemusterten langgefransten Frauentuch bedeckt. Zu meinen Häupten steht eine Kirchenkerze und leuchtet mir. Auf der Wand mir gegenüber ist ein kleines Bild, ein Buschmann offenbar, der mit einem Speer nach mir zielt und hinter einem großartig bemalten Schild sich möglichst deckt. Man begegnet auf Schiffen manchen dummen Darstellungen, diese aber ist eine der dümmsten. Sonst ist mein Holzkäfig ganz leer. Durch eine Luke der Seitenwand kommt die warme Luft der südlichen Nacht und ich höre das Wasser an die alte Barke schlagen.

Hier liege ich seit damals, als ich, noch lebender Jäger Gracchus, zuhause im Schwarzwald eine Gemse verfolgte und abstürzte. Alles ging der Ordnung nach. Ich verfolgte, stürzte ab, verblutete in einer Schlucht, war tot und diese Barke sollte mich ins Jenseits tragen. Ich erinnere mich noch wie fröhlich ich mich hier auf der Pritsche ausstreckte

zum erstenmal, niemals hatten die Berge solchen Gesang von mir gehört, wie diese vier damals noch dämmerigen Wände. Ich hatte gern gelebt und war gern gestorben, glücklich warf ich, ehe ich den Bord betrat, das Lumpenpack der Büchse, der Tasche, des Jagdrocks von mir hinunter, das ich immer stolz getragen hatte und in das Totenhemd schlüpfte ich wie ein Mädchen ins Hochzeitskleid. Hier lag ich und wartete.
Dann geschah

(Anfang 1917)

Der Kübelreiter

Verbraucht alle Kohle, leer der Kübel, sinnlos die Schaufel, Kälte atmend der Ofen, das Zimmer vollgeblasen von Frost, vor dem Fenster Bäume starr im Reif, der Himmel ein silberner Schild gegen den, der von ihm Hilfe will. Ich muß Kohle haben, ich darf doch nicht erfrieren, hinter mir der erbarmungslose Ofen, vor mir der Himmel ebenso, infolgedessen muß ich scharf zwischendurch reiten und in der Mitte beim Kohlenhändler Hilfe suchen. Gegen meine gewöhnlichen Bitten aber ist er schon abgestumpft, ich muß ihm ganz genau nachweisen, daß ich kein einziges Kohlenstäubchen mehr habe und daß er daher für mich geradezu die Sonne am Firmament bedeutet. Ich muß kommen wie der Bettler der röchelnd vor Hunger an der Türschwelle verenden will und dem deshalb die Herrschaftsköchin den Bodensatz des letzten Kaffees einzuflößen sich entscheidet, ebenso muß mir der Händler wütend, aber unter dem Strahl des Gebotes »Du sollst nicht töten«, eine Schaufel voll in den Kübel schleudern.
Meine Auffahrt schon muß es entscheiden, ich reite deshalb auf dem Kübel hin. Als Kübelreiter, die Hand oben am Griff, dem einfachsten Zaumzeug, drehe ich mich beschwerlich die Treppe hinab, unten aber steigt mein Kübel auf, prächtig, prächtig, Kameele niedrig am Boden hingelagert steigen sich schüttelnd unter dem Stock des

Führers nicht schöner auf. Durch die festgefrorene Gasse geht es in ebenmäßigem Trab, oft werde ich bis zur Höhe der ersten Stockwerke gehoben, niemals sinke ich bis zur Haustüre hinab. Und außergewöhnlich hoch schwebe ich vor dem Kellergewölbe des Händlers, in dem er tief unten an seinem Tischchen kauert und schreibt. Um die übergroße Hitze abzulassen, hat er die Tür geöffnet.

»Kohlenhändler!« rufe ich mit vor Kälte hohlgebrannter Stimme in Rauchwolken des Atems gehüllt, »bitte Kohlenhändler gib mir ein wenig Kohle, mein Kübel ist schon so leer daß ich auf ihm reiten kann. Sei so gut. Bis ich kann bezahl ichs.«

Der Händler legt die Hand ans Ohr. »Hör ich recht?« fragt er über die Schulter weg seine Frau, die auf der Ofenbank strickt. »Hör ich recht? Eine Kundschaft.«

»Ich höre gar nichts«, sagt die Frau ruhig ein- und ausatmend über den Stricknadeln, wohlig im Rücken gewärmt.

»O ja«, rufe ich, »ich bin es, eine alte Kundschaft, treu ergeben, nur augenblicklich mittellos.«

»Frau«, sagt der Händler, »es ist, es ist jemand, so sehr kann ich mich doch nicht täuschen, eine alte, eine sehr alte Kundschaft muß es sein, die mir so zum Herzen zu sprechen weiß.«

»Was hast Du Mann?« sagt die Frau und drückt einen Augenblick ausruhend die Handarbeit an die Brust, »niemand ist es, die Gasse ist leer, alle unsere Kundschaft ist versorgt, wir könnten für Tage das Geschäft sperren und ausruhn.«

»Aber ich sitze doch hier auf dem Kübel«, rufe ich und gefühllose Tränen der Kälte verschleiern mir die Augen, »bitte seht doch herauf, Ihr werdet mich gleich entdecken, um eine Schaufel voll bitte ich und gebt Ihr zwei, macht Ihr mich überglücklich. Es ist doch schon alle übrige Kundschaft versorgt. Ach, hörte ich es doch schon in dem Kübel klappern.«

»Ich komme«, sagt der Händler und kurzbeinig will er die Kellertreppe emporsteigen, aber die Frau ist schon bei ihm, hält ihn beim Arm fest und sagt: »Du bleibst. Läßt

Du von Deinem Eigensinn nicht ab, so gehe ich hinaus. Erinnere Dich an Deinen schweren Husten heute Nacht. Aber für ein Geschäft und sei es auch ein eingebildetes, vergißt Du Frau und Kind und opferst Deine Lungen. Ich gehe.« »Dann nenn ihm aber alle Sorten, die wir auf Lager haben, die Preise rufe ich Dir nach.« »Gut«, sagt die Frau und steigt zur Gasse auf. Natürlich sieht sie mich gleich.

»Frau Kohlenhändlerin«, rufe ich, »ergebenen Gruß, nur eine Schaufel Kohle, gleich hier in den Kübel, ich führe sie selbst nachhause, eine Schaufel von der Schlechtesten. Ich bezahle sie natürlich voll, aber nicht gleich, nicht gleich.« Was für ein Glockenklang sind die zwei Worte »nicht gleich« und wie sinnverwirrend mischen sie sich mit dem Abendläuten das eben vom nahen Kirchturm zu hören ist.

»Was will er also haben?« ruft der Händler. »Nichts«, ruft die Frau zurück, »es ist ja nichts, ich sehe nichts, ich höre nichts, nur sechs Uhr läutet es und wir schließen. Ungeheuer ist die Kälte, morgen werden wir wahrscheinlich doch viel Arbeit haben.«

Sie sieht nichts und hört nichts, aber dennoch löst sie das Schürzenband und versucht mich mit der Schürze fortzuwehn. Leider gelingt es. Alle Vorzüge eines guten Reittieres hat mein Kübel, Widerstandskraft hat er nicht, zu leicht ist er, eine Frauenschürze jagt ihm die Beine vom Boden.

»Du Böse!« rufe ich noch zurück, während sie zum Geschäft sich wendend, halb verächtlich halb befriedigt mit der Hand in die Luft schlägt, »Du Böse. Um eine Schaufel von der Schlechtesten habe ich gebeten und Du hast sie mir nicht gegeben.« Und damit steige ich in die Regionen der Eisgebirge und verliere mich auf Nimmerwiedersehn.

(Anfang 1917)

[Der Nachbar]

Mein Geschäft ruht ganz auf meinen Schultern. Zwei Fräulein mit Schreibmaschinen und Geschäftsbüchern im Vorzimmer, mein Zimmer mit Schreibtisch, Kassa, Beratungstisch, Klubsessel und Telephon, das ist mein ganzer Arbeitsapparat. So einfach zu überblicken, so leicht zu führen. Ich bin jung und die Geschäfte rollen vor mir her, ich klage nicht. Ich klage nicht. Seit Neujahr hat ein junger Mann die kleine leerstehende Nebenwohnung, die ich ungeschickter Weise so lange zu mieten gezögert habe, frischweg gemietet. Auch ein Zimmer mit Vorzimmer, außerdem aber noch eine Küche. Zimmer und Vorzimmer hätte ich wohl brauchen können, meine zwei Fräulein fühlen sich schon manchmal überlastet, – aber wozu hätte mir die Küche gedient. Dieses kleinliche Bedenken war daran schuld, daß ich mir die Wohnung habe wegnehmen lassen. Nun sitzt dort dieser junge Mann. Harras heißt er. Was er dort eigentlich macht weiß ich nicht. Auf der Tür steht nur »Harras, Bureau«. Ich habe Erkundigungen eingezogen, man hat mir mitgeteilt es sei ein Geschäft ähnlich dem meinigen, vor Kreditgewährung könne man nicht geradezu warnen, denn es handle sich doch um einen jungen aufstrebenden Mann, dessen Sache vielleicht Zukunft habe, doch könne man zum Kredit auch nicht geradezu raten, denn gegenwärtig sei allem Anschein nach kein Vermögen vorhanden. Die übliche Auskunft, die man gibt, wenn man nichts weiß. Manchmal treffe ich Harras auf der Treppe, er muß es immer außerordentlich eilig haben, er huscht förmlich an mir vorüber, genau gesehn habe ich ihn noch gar nicht, den Bureauschlüssel hält er schon vorbereitet in der Hand, im Augenblick hat er die Tür geöffnet, wie der Schwanz einer Ratte ist er hineingeglitten, und ich stehe nur wieder vor der Tafel »Harras, Bureau«, die ich schon viel öfter gelesen habe, als sie es verdient. Die elend dünnen Wände, die den ehrlich tätigen Mann verraten, den Unehrlichen aber decken. Mein Telephon ist an der Zimmerwand angebracht die mich von meinem Nachbar trennt, doch hebe ich das bloß als besonders ironische Tatsache hervor, selbst wenn es an der entgegengesetzten Wand hieng, würde man in der Nebenwohnung alles hören. Ich habe mir abgewöhnt, den Namen der Kunden beim Telephon zu nennen, aber es gehört natürlich nicht viel Schlauheit dazu, aus charakteristischen aber unvermeidlichen Wendungen des Gesprächs die Namen zu erraten. Manchmal umtanze ich, die Hörmuschel am Ohr, von Unruhe gestachelt, auf den Fußspitzen den Apparat, und kann es doch nicht verhüten daß Geheimnisse preisgegeben werden. Natürlich werden dadurch beim Telephonieren auch meine geschäftlichen Entscheidungen unsicherer, meine Stimme zittrig. Was macht Harras, während ich telephoniere? Wollte ich sehr übertreiben, aber das muß man oft, um sich Klarheit zu verschaffen, so könnte ich sagen: Harras braucht kein Telephon, er benutzt meines, er hat sein Kanapee an die Wand gerückt und horcht, ich dagegen muß, wenn geläutet wird zum Telephon laufen, die Wünsche des Kunden entgegennehmen, schwerwiegende Entschlüsse fassen, großangelegte Überredungen ausführen, vor allem aber während des Ganzen unwillkürlich durch die Zimmerwand Harras Bericht erstatten. Vielleicht wartet er gar nicht das Ende des Gespräches ab, sondern erhebt sich nach der Gesprächsstelle die ihn über den Fall genügend aufgeklärt hat, huscht nach seiner Gewohnheit durch die Stadt und ehe ich die Hörmuschel aufgehängt habe, ist er vielleicht schon daran, mir entgegenzuarbeiten.

(Frühjahr 1917)

Das Ehepaar

Die allgemeine Geschäftslage ist so schlecht, daß ich manchmal, wenn ich im Bureau Zeit erübrige, selbst die Mustertasche nehme, um die Kunden persönlich zu besuchen. Unter anderem hatte ich mir schon längst vorgenommen, einmal zu K. zu gehn, mit dem ich früher in ständiger Geschäftsverbindung gewesen bin, die sich aber im letzten Jahr aus mir unbekannten Gründen fast gelöst hat. Für solche Störungen müssen auch gar nicht eigentliche Gründe vorhanden sein; in den heutigen labilen Verhältnissen entscheidet hier oft ein Nichts, eine Stimmung und ebenso kann auch ein Nichts, ein Wort das Ganze wieder in Ordnung bringen. Es ist aber ein wenig umständlich zu K. vorzudringen; er ist ein alter Mann, in letzter Zeit sehr kränklich und wenn er auch noch die geschäftlichen Angelegenheiten in seiner Hand zusammenhält, so kommt er doch selbst kaum mehr ins Geschäft; will man mit ihm sprechen, muß man in seine Wohnung gehn und einen derartigen Geschäftsgang schiebt man gern hinaus.

Gestern abend nach sechs Uhr machte ich mich aber doch auf den Weg; es war freilich keine Besuchszeit mehr, aber die Sache war ja nicht gesellschaftlich sondern kaufmännisch zu beurteilen. Ich hatte Glück, K. war zuhause; er war eben, wie man mir im Vorzimmer sagte, mit seiner Frau von einem Spaziergang zurückgekommen und jetzt im Zimmer seines Sohnes, der unwohl war und im Bett lag. Ich wurde aufgefordert, auch hinzugehn; zuerst zögerte ich, dann aber überwog das Verlangen, den leidigen Besuch möglichst schnell zu beenden, und ich ließ mich, so wie ich war, im Mantel, Hut und Mustertasche in der Hand, durch ein dunkles Zimmer in ein matt beleuchtetes führen, in welchem eine kleine Gesellschaft beisammen war.

Wohl instinktmäßig fiel mein Blick zuerst auf einen mir nur allzu gut bekannten Geschäftsagenten, der zum Teil mein Konkurrent ist. So hatte er sich denn also noch vor mir heraufgeschlichen. Er saß bequem knapp beim Bett des Kranken, so als wäre er der Arzt; in seinem schönen, offenen, aufgebauschten Mantel saß er großmächtig da; seine Frechheit ist unübertrefflich; etwas ähnliches mochte auch der Kranke denken, der mit ein wenig fiebergeröteten Wangen dalag und manchmal nach ihm hinsah. Er ist übrigens nicht mehr jung, der Sohn, ein Mann in meinem Alter mit einem kurzen, infolge der Krankheit etwas verwilderten Vollbart. Der alte K., ein großer, breitschultriger Mann, aber durch sein schleichendes Leiden zu meinem Erstaunen recht abgemagert, gebückt und unsicher geworden, stand noch, so wie er eben gekommen war, in seinem Pelz da und murmelte etwas gegen den Sohn hin. Seine Frau, klein und gebrechlich, aber äußerst lebhaft, wenn auch nur soweit es ihn betraf – uns andere sah sie kaum – war damit beschäftigt, ihm den Pelz auszuziehn, was infolge des Größenunterschiedes der Beiden einige Schwierigkeiten machte, aber schließlich doch gelang. Vielleicht lag übrigens die eigentliche Schwierigkeit darin, daß K. sehr ungeduldig war und unruhig mit tastenden Händen immerfort nach dem Lehnstuhl verlangte, den ihm dann auch, nachdem der Pelz ausgezogen war, seine Frau schnell zuschob. Sie selbst nahm den Pelz, unter dem sie fast verschwand, und trug ihn hinaus.

Nun schien mir endlich meine Zeit gekommen oder vielmehr, sie war nicht gekommen und würde hier wohl auch niemals kommen; wenn ich aber überhaupt noch etwas versuchen wollte, mußte es gleich geschehn, denn meinem Gefühl nach konnten hier die Voraussetzungen für eine geschäftliche Aussprache nur noch immer schlechter werden; mich hier aber für alle Zeiten festzusetzen, wie es der Agent scheinbar beabsichtigte, das war nicht meine Art; übrigens wollte ich auf ihn nicht die geringste Rücksicht nehmen. So begann ich denn kurzerhand, trotzdem ich merkte, daß K. gerade Lust hatte, sich ein wenig mit seinem Sohn zu unterhalten, meine Sache vorzutragen. Leider habe ich die Gewohnheit, wenn ich mich ein wenig in Erregung gesprochen habe – und das geschieht sehr bald und geschah in diesem Krankenzimmer noch früher als sonst – aufzustehn und während des Redens auf- und abzugehn. Im eigenen Bureau eine recht gute Einrichtung, ist es in einer fremden Wohnung doch ein wenig lästig. Ich konnte mich aber nicht beherrschen, besonders da mir die gewohnte Cigarette fehlte. Nun, jeder hat seine schlechten Gewohnheiten, dabei lobe ich noch die meinen im Vergleich zu denen des Agenten. Was soll man zum Beispiel dazu sagen, daß er seinen Hut, den er auf dem Knie hält und dort langsam hin- und herschiebt, manchmal, plötzlich, ganz unerwartet aufsetzt; er nimmt ihn zwar gleich wieder ab, als sei ein Versehn geschehn, hat ihn aber doch einen Augenblick lang auf dem Kopf gehabt, und das wiederholt er immer wieder von Zeit zu Zeit. Eine solche Aufführung ist doch wahrhaftig unerlaubt zu nennen. Mich stört es nicht, ich gehe auf und ab, bin ganz von meinen Dingen in Anspruch genommen und sehe über ihn hinweg, es mag aber Leute geben, welche dieses Hutkunststück gänzlich aus der Fassung bringen kann. Allerdings beachte ich im Eifer nicht nur eine solche Störung nicht, sondern überhaupt niemanden, ich sehe zwar was vorgeht, nehme es aber, solange ich nicht fertig bin oder solange ich nicht geradezu Einwände höre, gewissermaßen nicht zur Kenntnis. So merkte ich zum Beispiel wohl, daß K. sehr wenig aufnahmsfähig war; die Hände an den Seitenlehnen drehte er sich unbehaglich hin und her, blickte nicht zu mir auf, sondern sinnlos suchend ins Leere und sein Gesicht schien so unbeteiligt, als dringe kein Laut meiner Rede, ja nicht einmal ein Gefühl meiner Anwesenheit zu ihm. Dieses ganze, mir wenig Hoffnung gebende krankhafte Benehmen sah ich zwar, sprach aber trotzdem weiter, so als hätte ich doch noch Aussicht durch meine Worte, durch meine vorteilhaften Angebote – ich erschrak selbst über die Zugeständnisse, die ich machte, Zugeständnisse, die niemand verlangte – alles schließlich wieder ins Gleichgewicht zu bringen. Eine gewisse Genugtuung gab es mir auch, daß der Agent, wie ich flüchtig bemerkte, endlich seinen Hut ruhen ließ und die Arme über der Brust verschränkte; meine Ausführungen, die ja auch zum Teil für ihn berechnet waren, schienen seinen Plänen einen empfindlichen Stich zu geben. Und ich hätte in dem dadurch erzeugten

Wohlgefühl vielleicht noch lange fortgesprochen, wenn nicht der Sohn, den ich als für mich nebensächliche Person bisher vernachlässigt hatte, plötzlich sich im Bette halb erhoben und mit drohender Faust mich zum Schweigen gebracht hätte. Er wollte offenbar noch etwas sagen, etwas zeigen, hatte aber nicht genug Kraft. Ich hielt das alles zuerst für Fieberwahn, aber als ich unwillkürlich gleich darauf nach dem alten K. hinblickte, verstand ich es besser.

K. saß mit offenen, glasigen, aufgequollenen, nur für die Minute noch dienstbaren Augen da, zitternd nach vorne geneigt, als hielte oder schlüge ihn jemand im Nacken, die Unterlippe, ja der Unterkiefer selbst mit weit entblößtem Zahnfleisch hing unbeherrscht hinab, das ganze Gesicht war aus den Fugen; noch atmete er, wenn auch schwer, dann aber wie befreit fiel er zurück gegen die Lehne, schloß die Augen, der Ausdruck irgendeiner großen Anstrengung fuhr noch über sein Gesicht und dann war es zuende. Schnell sprang ich zu ihm, faßte die leblos hängende, kalte, mich durchschauernde Hand; da war kein Puls mehr. Nun also, es war vorüber. Freilich, ein alter Mann. Mochte uns das Sterben nicht schwerer werden. Aber wie vieles war jetzt zu tun! Und was in der Eile zunächst? Ich sah mich nach Hilfe um; aber der Sohn hatte die Decke über den Kopf gezogen, man hörte sein endloses Schluchzen; der Agent, kalt wie ein Frosch, saß fest in seinem Sessel, zwei Schritte gegenüber K. und war sichtlich entschlossen, nichts zu tun, als den Zeitablauf abzuwarten; ich also, nur ich blieb übrig etwas zu tun und jetzt gleich das Schwerste, nämlich der Frau irgendwie, auf eine erträgliche Art, also eine Art, die es in der Welt nicht gab, die Nachricht zu vermitteln. Und schon hörte ich die eifrigen schlürfenden Schritte aus dem Nebenzimmer.

Sie brachte – noch immer im Straßenanzug, sie hatte noch keine Zeit gehabt sich umzukleiden – ein auf dem Ofen durchwärmtes Nachthemd, das sie ihrem Mann jetzt anziehn wollte. »Er ist eingeschlafen«, sagte sie lächelnd und kopfschüttelnd, als sie uns so still fand. Und mit dem unendlichen Vertrauen des Unschuldigen nahm sie die gleiche Hand, die ich eben mit Widerwillen und Scheu in der meinen gehalten hatte, küßte sie wie in kleinem ehelichen Spiel und – wie mögen wir drei andern zugesehn haben! – K. bewegte sich, gähnte laut, ließ sich das Hemd anziehn, duldete mit ärgerlich-ironischem Gesicht die zärtlichen Vorwürfe seiner Frau wegen der Überanstrengung auf dem allzu großen Spaziergang, und sagte dagegen, um sein Einschlafen anders zu erklären, merkwürdiger Weise etwas von Langerweile. Dann legte er sich, um sich auf dem Weg in ein anderes Zimmer nicht zu verkühlen, vorläufig zu seinem Sohn ins Bett; neben die Füße des Sohnes wurde auf zwei von der Frau eilig herbeigebrachten Polstern sein Kopf gebettet. Ich fand nach dem Vorangegangenen nichts Sonderbares mehr daran. Nun verlangte er die Abendzeitung, nahm sie ohne Rücksicht auf die Gäste vor, las aber noch nicht, sah nur hie und da ins Blatt und sagte uns dabei mit einem erstaunlichen geschäftlichen Scharfblick einiges recht Unangenehme über unsere Angebote, während er mit der freien Hand immerfort wegwerfende Bewegungen machte und durch Zungenschnalzen den schlechten Geschmack im Munde andeutete, den ihm unser geschäftliches Gebaren verursachte. Der Agent konnte sich nicht enthalten einige unpassende Bemerkungen vorzubringen, er fühlte wohl sogar in seinem groben Sinn, daß hier zu dem, was geschehen war, irgendein Ausgleich geschaffen werden mußte, aber auf seine Art ging es freilich am allerwenigsten. Ich verabschiedete mich nun schnell, ich war dem Agenten fast dankbar; ohne seine Anwesenheit hätte ich nicht die Entschlußkraft gehabt schon fortzugehn.

Im Vorzimmer traf ich noch Frau K. Im Anblick ihrer armseligen Gestalt sagte ich aus meinen Gedanken heraus, daß sie mich ein wenig an meine Mutter erinnere. Und da sie still blieb, fügte ich bei: »Was man dazu auch sagen mag: die konnte Wunder tun. Was wir schon zerstört hatten, machte sie noch gut. Ich habe sie schon in der Kinderzeit verloren.« Ich hatte absichtlich übertrieben langsam und deutlich gesprochen, denn ich vermutete, daß die alte Frau schwerhörig war. Aber sie war wohl taub, denn sie fragte ohne Übergang: »Und das Aussehn meines Mannes?« Aus paar Abschiedsworten merkte ich übrigens, daß sie mich mit dem Agenten verwechselte; ich wollte gern glauben, daß sie sonst zutraulicher gewesen wäre. Dann ging ich die Treppe hinunter. Der Abstieg war schwerer als früher der Aufstieg und nicht einmal dieser war leicht gewesen. Ach, was für mißlungene Geschäftswege es gibt und man muß die Last weiter tragen.

(Oktober/November 1922)

MATERIALIEN

Inhaltsverzeichnis

Einleitung

Franz Kafka hat sich vielfach in Tagebüchern und Briefen über sich und sein künstlerisches Schaffen geäußert; mehrere Bände, die als Fischer Taschenbücher erschienen sind, belegen das. Sie sind für weiterführende Studien leicht erreichbar; deshalb wird in diesem Materialienteil – nicht zuletzt auch des gebotenen Umfangs wegen – nur sparsam auf sie zurückgegriffen.

Das Sekundärschrifttum über Kafka umfaßt heute weit mehr als 5000 Titel. Für jeden der in dieser Edition abgedruckten Text Kafkas ließe sich unschwer eine umfangreiche Bibliographie der Sekundärliteratur zusammenstellen. Es kann deshalb nicht darum gehen, in diesen Materialien auch nur eine charakterische Auswahl daraus vorzuführen, zumal sich dann auch aussagemäßige Überschneidungen ergäben. Andere Aspekte mußten gefunden werden, die Charakteristika für die Dichtungen Kafkas im allgemeinen und für seine Erzählungen im besonderen erkennen lassen.

Vorangestellt wurden deshalb knappe Auszüge aus Kafkas Tagebüchern und aus dem ›Brief an den Vater‹. Dieser erste Teil charakterisiert mit exemplarischen Selbstzeugnissen Kafkas Intentionen seines künstlerischen Schaffens.

Ein zweiter Teil dokumentiert die letztwillige Verfügung Kafkas und einige wesentliche, zum Teil kontroverse Einschätzungen dieses Testaments, in dem nicht zuletzt auch auf die Erzählungen Bezug genommen wird.

Der dritte Teil soll die Beziehung zwischen Traum und Wirklichkeit in Kafkas Dichtungen kritisch beleuchten und Aspekte einer Sinngebung verdeutlichen. Dieser Teil steht in direktem Bezug zu allen in dieser Edition abgedruckten Erzählungen.

Der vierte Teil schließlich wendet sich einer einzelnen Parabel zu. Hier geht es darum, exemplarisch unterschiedliche Interpretationsansätze deutlich zu machen. Wie schwierig, wenn nicht gar unmöglich es ist, die parabolische

Darstellung Kafkas eindeutig auf eine Sinnebene zu übertragen, darauf soll sein Text ›Von den Gleichnissen‹ verweisen. Dietrich Krusche hebt den Aspekt dieser Uneindeutigkeit besonders hervor. Eine literarhistorische Einordnung bietet der hier abgedruckte Text aus Wilhelm Emrichs Kafka-Buch, während der Text von Heinz Politzer stärker den biographischen Aspekt zeigen soll. Werner Zimmermann hat eine werkimmanente, Kurt Weinberg eine religiöse, das Autorenkollektiv aus der DDR und Hartmut Böhme haben, freilich mit unterschiedlichen Betonungen, eine soziologisch orientierte Deutung dieser Parabel vorgelegt.

I. Selbstzeugnisse Kafkas

1. Franz Kafka: [Aus den Tagebüchern]

28. März 1911

[. . .] Diesem Literarischen kann ich mich nun nicht vollständig hingeben, wie es sein müßte, undzwar aus verschiedenen Gründen nicht. Abgesehen von meinen Familienverhältnissen[1] könnte ich von der Literatur schon infolge des langsamen Entstehens meiner Arbeiten und ihres besonderen Charakters nicht leben; überdies hindert mich auch meine Gesundheit und mein Charakter daran, mich einem im günstigsten Falle ungewissen Leben hinzugeben. Ich bin daher Beamter in einer socialen Versicherungsanstalt geworden. Nun können diese zwei Berufe einander niemals ertragen und ein gemeinsames Glück zulassen. Das kleinste Glück in einem wird ein großes Unglück im zweiten. Habe ich an einem Abend Gutes geschrieben, brenne ich am nächsten Tag im Bureau und kann nichts fertigbringen. Dieses Hinundher wird immer ärger. Im Bureau genüge ich äußerlich meinen Pflichten, meinen innern Pflichten aber nicht und jede nichterfüllte innere Pflicht wird zu einem Unglück, das sich aus mir nicht mehr rührt. [. . .] *(T. 1909–1912, 30f.)*

[3.] Oktober 1911

[. . .] Wieder war es die Kraft meiner Träume die schon ins Wachsein vor dem Einschlafen strahlen, die mich nicht schlafen ließ. Das Bewußtsein meiner dichterischen Fähig-

---

(1)* »Da Kafka, bis zu diesem Zeitpunkt seinen Eltern passiv und verhältnismäßig unkritisch gegenüberstehend und im Geistigen der Assimilation verhaftet, jetzt in den Konflikt mit seinem Vater eintritt, über die Funktion einer jüdischen Mutter nachdenkt, seine Entfremdung von der Familie auf seine Orientierung an der deutschen Kultur zurückführt und vor allem sich als bewußter Jude zu begreifen beginnt, darf angenommen werden, daß die Konfrontation mit dem andersartigen Judentum die Umorientierung auslöste.« (Hartmut Binder, Kafka-Kommentar zu sämtlichen Erzählungen. Winkler, München 1975, S.27f.)

keiten ist am Abend und am Morgen unüberblickbar. Ich fühle mich gelockert bis auf den Boden meines Wesens und kann aus mir heben was ich nur will. [. . .]

(T. 1909–1912, 44)

3. Januar 1912

[. . .] In mir kann ganz gut eine Koncentration auf das Schreiben hin erkannt werden. Als es in meinem Organismus klargeworden war, daß das Schreiben die ergiebigste Richtung meines Wesens sei, drängte sich alles hin und ließ alle Fähigkeiten leer stehn, die sich auf die Freuden des Geschlechtes, des Essens, des Trinkens, des philosophischen Nachdenkens der Musik zu allererst richteten. Ich magerte nach allen diesen Richtungen ab. Das war notwendig, weil meine Kräfte in ihrer Gesamtheit so gering waren, daß sie nur gesammelt dem Zweck des Schreibens halbwegs dienen konnten. Ich habe diesen Zweck natürlich nicht selbständig und bewußt gefunden, er fand sich selbst und wird jetzt nur noch durch das Bureau, aber hier von Grund aus gehindert. [. . .] *(T. 1909–1912, 264f.)*

18. Januar 1915

[. . .] Unfähig zu längerer koncentrierter Arbeit. Auch zu wenig im Freien gewesen. Trotzdem eine neue Geschichte angefangen, die alten fürchtete ich mich zu verderben. Nun stehen vor mir 4 oder 5 Geschichten aufgerichtet wie die Pferde vor dem Cirkusdirektor Schumann bei Beginn der Produktion. *(T. 1914–1923, 70f.)*

19. September 1917

[. . .] Mir immer unbegreiflich, daß es jedem fast, der schreiben kann, möglich ist, im Schmerz den Schmerz zu objektivieren, so daß ich z. B. im Unglück, vielleicht noch mit dem brennenden Unglückskopf mich setzen und jemandem schriftlich mitteilen kann: Ich bin unglücklich. Ja, ich kann noch darüber hinausgehn und in verschiedenen Schnörkeln je nach Begabung, die mit dem Unglück nichts zu tun zu haben scheint, darüber einfach oder antithetisch oder mit ganzen Orchestern von Associationen phantasieren. Und es ist gar nicht Lüge und stillt den Schmerz nicht, ist einfach gnadenweiser Überschuß der Kräfte in einem Augenblick, in dem der Schmerz doch sichtbar alle meine Kräfte bis zum Boden meines Wesens, den er aufkratzt, verbraucht hat. Was für ein Überschuß ist es also?

(T. 1914–1923, 163)

T. = Franz Kafka: Tagebücher 1909–1912, 1914–1923 in der Fassung der Handschrift. Nach der kritischen Ausgabe hrsg. von Hans-Gerd Koch. Tb 12449 und 12451. Fischer Taschenbuch Verlag, Frankfurt a. M. 1994. © 1990 Schocken Books Inc., New York City, USA.

2. Franz Kafka: [Aus dem] Brief an den Vater

(November 1919)

Liebster Vater,

Du hast mich letzthin einmal gefragt, warum ich behaupte, ich hätte Furcht vor Dir. Ich wußte Dir, wie gewöhnlich, nichts zu antworten, zum Teil eben aus der Furcht, die ich vor Dir habe, zum Teil deshalb, weil zur Begründung dieser Furcht zu viele Einzelnheiten gehören, als daß ich sie im Reden halbwegs zusammenhalten könnte. Und wenn ich hier versuche Dir schriftlich zu antworten, so wird es doch nur sehr unvollständig sein, weil auch im Schreiben die Furcht und ihre Folgen mich Dir gegenüber behindern und weil überhaupt die Größe des Stoffs über mein Gedächtnis und meinen Verstand weit hinausgeht.

Dir hat sich die Sache immer sehr einfach dargestellt, wenigstens soweit Du vor mir und, ohne Auswahl, vor vielen andern davon gesprochen hast. Es schien Dir etwa so zu sein: Du hast Dein ganzes Leben lang schwer gearbeitet, alles für Deine Kinder, vor allem für mich geopfert, ich habe infolgedessen »in Saus und Braus« gelebt, habe vollständige Freiheit gehabt zu lernen, was ich wollte, habe keinen Anlaß zu Nahrungssorgen, also zu Sorgen überhaupt gehabt; Du hast dafür keine Dankbar-

keit verlangt, Du kennst »die Dankbarkeit der Kinder«, aber doch wenigstens irgendein Entgegenkommen, Zeichen eines Mitgefühls; statt dessen habe ich mich seit jeher vor Dir verkrochen, in mein Zimmer, zu Büchern, zu verrückten Freunden, zu überspannten Ideen; offen gesprochen habe ich mit Dir niemals, in den Tempel bin ich nicht zu Dir gekommen, in Franzensbad[2] habe ich Dich nie besucht, auch sonst nie Familiensinn gehabt, um das Geschäft und Deine sonstigen Angelegenheiten habe ich mich nicht gekümmert, die Fabrik habe ich Dir aufgehalst[3] und Dich dann verlassen, Ottla[4] habe ich in ihrem Eigensinn unterstützt und während ich für Dich keinen Finger rühre (nicht einmal eine Teaterkarte bringe ich Dir) tue ich für Freunde alles. Faßt Du Dein Urteil über mich zusammen, so ergibt sich, daß Du mir zwar etwas geradezu Unanständiges oder Böses nicht vorwirfst (mit Ausnahme vielleicht meiner letzten Heiratsabsicht[5]), aber Kälte, Fremdheit, Undankbarkeit. Undzwar wirfst Du es mir so vor, als wäre es meine Schuld, als hätte ich etwa mit einer Steuerdrehung das Ganze anders einrichten können, während Du nicht die geringste Schuld daran hast, es wäre denn die, daß Du zu gut zu mir gewesen bist.
Diese Deine übliche Darstellung halte ich nur so weit für richtig, daß auch ich glaube, Du seist gänzlich schuldlos an unserer Entfremdung. Aber ebenso gänzlich schuldlos bin auch ich. Könnte ich Dich dazu bringen, daß Du das anerkennst, dann wäre – nicht etwa ein neues Leben möglich, dazu sind wir beide viel zu alt, aber doch eine Art

---

(2)* »Kurort in Nordwestböhmen, wo sich Kafkas Eltern gewöhnlich im Sommer aufhielten.« (Hartmut Binder: Kafka-Kommentar zu den Romanen, Rezensionen, Aphorismen und zum Brief an den Vater. Winkler Verlag, München 1976, S. 428.)

(3)* »Die im Besitz von Kafkas Schwager Karl Hermann befindliche Asbestfabrik wurde unter persönlicher Beteiligung des Dichters, der sich auch verpflichtet hatte, gelegentlich dort zu arbeiten, im Herbst 1911 gegründet. Kafka, der Gewinne erwartete und mit seinem ganzen Vermögen haftete, war mit einer Geldeinlage des Vaters stiller Teilhaber.« (Binder, Anm. 2, S. 429.)

(4)* 1892 geborene Schwester Kafkas.

(5)* Der Sohn eines angesehenen Geschäftsmanns, der promovierte Jurist wollte Julie Wohryzek, die Tochter eines Schusters und Gemeindedieners, heiraten.

Friede, kein Aufhören, aber doch ein Mildern Deiner unaufhörlichen Vorwürfe.

Irgendeine Ahnung dessen, was ich sagen will, hast Du merkwürdigerweise. So hast Du mir zum Beispiel vor Kurzem gesagt: »ich habe Dich immer gern gehabt, wenn ich auch äußerlich nicht so zu Dir war wie andere Väter zu sein pflegen, eben deshalb weil ich mich nicht verstellen kann, wie andere«. Nun habe ich, Vater, im ganzen niemals an Deiner Güte mir gegenüber gezweifelt, aber diese Bemerkung halte ich für unrichtig. Du kannst Dich nicht verstellen, das ist richtig, aber nur aus diesem Grunde behaupten wollen, daß die andern Väter sich verstellen, ist entweder bloße, nicht weiter diskutierbare Rechthaberei oder aber – und das ist es meiner Meinung nach wirklich – der verhüllte Ausdruck dafür, daß zwischen uns etwas nicht in Ordnung ist und daß Du es mitverursacht hast, aber ohne Schuld. Meinst Du das wirklich, dann sind wir einig.

Ich sage ja natürlich nicht, daß ich das, was ich bin, nur durch Deine Einwirkung geworden bin. Das wäre sehr übertrieben (und ich neige sogar zu dieser Übertreibung). Es ist sehr leicht möglich, daß ich, selbst wenn ich ganz frei von Deinem Einfluß aufgewachsen wäre, doch kein Mensch nach Deinem Herzen hätte werden können. Ich wäre wahrscheinlich doch ein schwächlicher, ängstlicher, zögernder, unruhiger Mensch geworden, weder Robert Kafka[6], noch Karl Hermann[7], aber doch ganz anders, als ich wirklich bin und wir hätten uns ausgezeichnet mit einander vertragen können. Ich wäre glücklich gewesen, Dich als Freund, als Chef, als Onkel, als Großvater, ja selbst (wenn auch schon zögernder) als Schwiegervater zu haben. Nur eben als Vater warst Du zu stark für mich, besonders da meine Brüder klein starben, die Schwestern erst lange nachher kamen, ich also den ersten Stoß ganz allein aushalten mußte, dazu war ich viel zu schwach.

---

(6)* »Dr. Robert Kafka aus Kolin war der Sohn von Hermann Kafkas [Franz Kafkas Vater] Bruder Philip und lebte als damals schon verheirateter Advokat in Prag.« (Binder, Anm. 2, S. 430.)

(7)* Der Mann von Kafkas ältester Schwester Elli.

[...] Ich war ja schon niedergedrückt durch Deine bloße Körperlichkeit. Ich erinnere mich zum Beispiel daran, wie wir uns öfters zusammen in einer Kabine auszogen. Ich mager, schwach, schmal, Du stark, groß, breit. Schon in der Kabine kam ich mir jämmerlich vor undzwar nicht nur vor Dir, sondern vor der ganzen Welt, denn Du warst für mich das Maß aller Dinge. Traten wir dann aber aus der Kabine vor die Leute hinaus, ich an Deiner Hand, ein kleines Gerippe, unsicher bloßfüßig auf den Planken, in Angst vor dem Wasser, unfähig Deine Schwimmbewegungen nachzumachen, die Du mir in guter Absicht, aber tatsächlich zu meiner tiefen Beschämung immerfort vormachtest, dann war ich sehr verzweifelt und alle meine schlimmen Erfahrungen auf allen Gebieten stimmten in solchen Augenblicken großartig zusammen. Am wohlsten war mir noch, wenn Du Dich manchmal zuerst auszogst und ich allein in der Kabine bleiben und die Schande des öffentlichen Auftretens so lange hinauszögern konnte, bis Du endlich nachschauen kamst und mich aus der Kabine triebst. Dankbar war ich Dir dafür, daß Du meine Not nicht zu bemerken schienest, auch war ich stolz auf den Körper meines Vaters. Übrigens besteht zwischen uns dieser Unterschied heute noch ähnlich.
Dem entsprach weiter Deine geistige Oberherrschaft. Du hattest Dich allein durch eigene Kraft so hoch hinaufgearbeitet, infolgedessen hattest Du unbeschränktes Vertrauen zu Deiner Meinung. Das war für mich als Kind nicht einmal so blendend wie später für den heranwachsenden jungen Menschen. In Deinem Lehnstuhl regiertest Du die Welt. Deine Meinung war richtig, jede andere war verrückt, überspannt, meschugge, nicht normal. Dabei war Dein Selbstvertrauen so groß, daß Du gar nicht konsequent sein mußtest und doch nicht aufhörtest Recht zu haben. Es konnte auch vorkommen, daß Du in einer Sache gar keine Meinung hattest und infolgedessen alle Meinungen, die hinsichtlich der Sache überhaupt möglich waren, ohne Ausnahme falsch sein mußten. Du konntest zum Beispiel auf die Tschechen schimpfen, dann auf die Deutschen, dann auf die Juden undzwar nicht nur in Auswahl sondern

in jeder Hinsicht und schließlich blieb niemand mehr übrig außer Dir. Du bekamst für mich das Rätselhafte, das alle Tyrannen haben, deren Recht auf ihrer Person, nicht auf dem Denken begründet ist. Wenigstens schien es mir so. Nun behieltest Du ja mir gegenüber tatsächlich erstaunlich oft recht, im Gespräch war das selbstverständlich, denn zum Gespräch kam es kaum, aber auch in Wirklichkeit. Doch war auch das nichts besonders Unbegreifliches. Ich stand ja in allem meinem Denken unter Deinem schweren Druck, auch in dem Denken, das nicht mit dem Deinen übereinstimmte und besonders in diesem. Alle diese von Dir scheinbar unabhängigen Gedanken waren von Anfang an belastet mit Deinem absprechenden Urteil; [. . .]
Richtiger trafst Du mit Deiner Abneigung mein Schreiben und was, Dir unbekannt, damit zusammenhing. Hier war ich tatsächlich ein Stück selbständig von Dir weggekommen, wenn es auch ein wenig an den Wurm erinnerte, der, hinten von einem Fuß niedergetreten, sich mit dem Vorderteil losreißt und zur Seite schleppt. Einigermaßen in Sicherheit war ich, es gab ein Aufatmen; die Abneigung, die Du natürlich gleich auch gegen mein Schreiben hattest, war mir hier ausnahmsweise willkommen. Meine Eitelkeit, mein Ehrgeiz litten zwar unter Deiner für uns berühmt gewordenen Begrüßung meiner Bücher: »Leg's auf den Nachttisch!« (meistens spieltest Du ja Karten, wenn ein Buch kam), aber im Grunde war mir dabei doch wohl, nicht nur aus aufbegehrender Bosheit, nicht nur aus Freude über eine neue Bestätigung meiner Auffassung unseres Verhältnisses, sondern ganz ursprünglich, weil jene Formel mir klang wie etwa: »Jetzt bist Du frei!« Natürlich war es eine Täuschung, ich war nicht oder allergünstigsten Falles noch nicht frei. Mein Schreiben handelte von Dir, ich klagte dort ja nur, was ich an Deiner Brust nicht klagen konnte. Es war ein absichtlich in die Länge gezogener Abschied von Dir, nur daß er zwar von Dir erzwungen war, aber in der von mir bestimmten Richtung verlief. Aber wie wenig war das alles! Es ist ja überhaupt nur deshalb der Rede wert, weil es sich in meinem Leben ereignet hat, anderswo wäre es gar nicht zu merken, und dann noch

deshalb, weil es mir in der Kindheit als Ahnung, später als Hoffnung, noch später oft als Verzweiflung mein Leben beherrschte und mir – wenn man will, doch wieder in Deiner Gestalt – meine paar kleinen Entscheidungen diktierte.

Zum Beispiel die Berufswahl. Gewiß, Du gabst mir hier völlige Freiheit in Deiner großzügigen und in diesem Sinn sogar geduldigen Art. Allerdings folgtest Du hiebei auch der für Dich maßgebenden allgemeinen Söhnebehandlung des jüdischen Mittelstandes oder zumindest den Werturteilen dieses Standes. Schließlich wirkte hiebei auch eines Deiner Mißverständnisse hinsichtlich meiner Person mit. Du hältst mich nämlich seit jeher aus Vaterstolz, aus Unkenntnis meines eigentlichen Daseins, aus Rückschlüssen aus meiner Schwächlichkeit für besonders fleißig. Als Kind habe ich Deiner Meinung nach immerfort gelernt und später immerfort geschrieben. Das stimmt nun nicht im entferntesten. Eher kann man mit viel weniger Übertreibung sagen, daß ich wenig gelernt und nichts erlernt habe; daß etwas in den vielen Jahren bei einem mittleren Gedächtnis, bei nicht allerschlechtester Auffassungskraft hängengeblieben ist, ist ja nicht sehr merkwürdig, aber jedenfalls ist das Gesamtergebnis an Wissen und besonders an Fundierung des Wissens äußerst kläglich im Vergleich zu dem Aufwand an Zeit und Geld inmitten eines äußerlich sorglosen, ruhigen Lebens, besonders auch im Vergleich zu fast allen Leuten, die ich kenne. Es ist kläglich, aber für mich verständlich. Ich hatte, seitdem ich denken kann, solche tiefste Sorgen der geistigen Existenzbehauptung, daß mir alles andere gleichgültig war. Jüdische Gymnasiasten bei uns sind leicht merkwürdig, man findet da das Unwahrscheinlichste, aber meine kalte, kaum verhüllte, unzerstörbare, kindlich hilflose, bis ins Lächerliche gehende, tierisch selbstzufriedene Gleichgültigkeit eines für sich genug, aber kalt phantastischen Kindes habe ich sonst nirgends wieder gefunden, allerdings war sie hier auch der einzige Schutz gegen die Nervenzerstörung durch Angst und Schuldbewußtsein. Mich beschäftigte nur die Sorge um mich, diese aber in verschiedenster Weise. Etwa als Sorge um meine

Gesundheit; es fieng leicht an, hier und dort ergab sich eine kleine Befürchtung wegen der Verdauung, des Haarausfalls, einer Rückgratsverkrümmung u.s.w., das steigerte sich in unzählbaren Abstufungen, schließlich endete es mit einer wirklichen Krankheit. Was war das alles? Nicht eigentlich körperliche Krankheit. Aber da ich keines Dinges sicher war, von jedem Augenblick eine neue Bestätigung meines Daseins brauchte, nichts in meinem eigentlichen, unzweifelhaften, alleinigen, nur durch mich eindeutig bestimmten Besitz war, in Wahrheit ein enterbter Sohn, wurde mir natürlich auch das Nächste, der eigene Körper unsicher; ich wuchs lang in die Höhe, wußte damit aber nichts anzufangen, die Last war zu schwer, der Rücken wurde krumm; ich wagte mich kaum zu bewegen oder gar zu turnen, ich blieb schwach; staunte alles, worüber ich noch verfügte als Wunder an, etwa meine gute Verdauung; das genügte um sie zu verlieren und damit war der Weg zu aller Hypochondrie frei, bis dann unter der übermenschlichen Anstrengung des Heiraten-Wollens (darüber spreche ich noch) das Blut aus der Lunge kam, woran ja die Wohnung im Schönbornpalais[8] – die ich aber nur deshalb brauchte, weil ich sie für mein Schreiben zu brauchen glaubte, so daß auch das auf dieses Blatt gehört – genug Anteil gehabt haben kann. Also das alles stammte nicht von übergroßer Arbeit, wie Du es Dir immer vorstellst. Es gab Jahre, in denen ich bei voller Gesundheit mehr Zeit auf dem Kanapee verfaulenzt habe, als Du in Deinem ganzen Leben, alle Krankheiten eingerechnet. Wenn ich höchstbeschäftigt von Dir fortlief, war es meist, um mich in meinem Zimmer hinzulegen. Meine Gesamtarbeitsleistung sowohl im Bureau (wo allerdings Faulheit nicht sehr auffällt und überdies durch meine Ängstlichkeit in Grenzen gehalten war) als auch zu Hause ist winzig, hättest Du darüber einen Überblick, würde es Dich entsetzen. Wahrscheinlich bin ich in meiner Anlage gar nicht faul, aber es gab für mich nichts zu tun. Dort, wo ich lebte,

---

(8)* Hier, in der Marktgasse in Prag, bewohnte Kafka von März bis August 1917 eine Zweizimmerwohnung.

war ich verworfen, abgeurteilt, niedergekämpft und anderswohin mich zu flüchten strengte mich zwar äußerst an, aber das war keine Arbeit, denn es handelte sich um Unmögliches, das für meine Kräfte bis auf kleine Ausnahmen unerreichbar war.
In diesem Zustand bekam ich also die Freiheit der Berufswahl. War ich aber überhaupt noch fähig eine solche Freiheit eigentlich zu gebrauchen? Traute ich mir es denn noch zu, einen wirklichen Beruf erreichen zu können? Meine Selbstbewertung war von Dir viel abhängiger, als von irgend etwas sonst, etwa von einem äußern Erfolg. Der war die Stärkung eines Augenblicks, sonst nichts, aber auf der andern Seite zog Dein Gewicht immer viel stärker hinunter. Niemals würde ich durch die erste Volksschulklasse kommen, dachte ich, aber es gelang, ich bekam sogar eine Prämie; aber die Aufnahmsprüfung ins Gymnasium würde ich gewiß nicht bestehn, aber es gelang; aber nun falle ich in der ersten Gymnasialklasse bestimmt durch, nein, ich fiel nicht durch und es gelang immer weiter und weiter. Daraus ergab sich aber keine Zuversicht, im Gegenteil, immer war ich überzeugt – und in Deiner abweisenden Miene hatte ich förmlich den Beweis dafür – daß, je mehr mir gelingt, desto schlimmer es schließlich wird ausgehn müssen. Oft sah ich im Geist die schreckliche Versammlung der Professoren (das Gymnasium ist nur das einheitlichste Beispiel, überall um mich war es aber ähnlich), wie sie, wenn ich die Prima überstanden hatte, also in der Sekunda, wenn ich diese überstanden hatte, also in der Tertia u.s.w. zusammenkommen würden, um diesen einzigartigen himmelschreienden Fall zu untersuchen, wie es mir, dem Unfähigsten und jedenfalls Unwissendsten gelungen war, mich bis hinauf in diese Klasse zu schleichen, die mich, da nun die allgemeine Aufmerksamkeit auf mich gelenkt war, natürlich sofort ausspeien würde, zum Jubel aller von diesem Alpdruck befreiten Gerechten. Mit solchen Vorstellungen zu leben ist für ein Kind nicht leicht. Was kümmerte mich unter diesen Umständen der Unterricht? Wer war imstande aus mir einen Funken von Anteilnahme herauszuschlagen? Mich interessierte der Unterricht und nicht nur der Unter-

richt, sondern alles ringsherum in diesem entscheidenden Alter etwa so, wie einen Bankdefraudanten, der noch in Stellung ist und vor der Entdeckung zittert, das kleine laufende Bankgeschäft interessiert, das er noch immer als Beamter zu erledigen hat. So klein, so fern war alles neben der Hauptsache. Es gieng dann weiter bis zur Matura, durch die ich wirklich schon zum Teil nur durch Schwindel kam, und dann stockte es, jetzt war ich frei. Hatte ich schon trotz dem Zwang des Gymnasiums mich nur auf mich koncentriert, wie erst jetzt, da ich frei war. Also eigentliche Freiheit der Berufswahl gab es für mich nicht, ich wußte: alles wird mir gegenüber der Hauptsache genau so gleichgültig sein, wie alle Lehrgegenstände im Gymnasium, es handelt sich also darum einen Beruf zu finden, der mir, ohne meine Eitelkeit allzusehr zu verletzen, diese Gleichgültigkeit am ehesten erlaubt. Also war Jus das Selbstverständliche. Kleine gegenteilige Versuche der Eitelkeit, der Hoffnung, wie vierzehntägiges Chemiestudium, halbjähriges Deutschstudium verstärkten nur jene Grundüberzeugung. Ich studierte also Jus. Das bedeutete, daß ich mich in den paar Monaten vor den Prüfungen unter reichlicher Mitnahme der Nerven geistig förmlich von Holzmehl nährte, das mir überdies schon von tausenden Mäulern vorgekaut war. Aber in gewissem Sinn schmeckte mir das gerade, wie in gewissem Sinn früher das Gymnasium und später der Beamtenberuf, denn das alles entsprach vollkommen meiner Lage. Jedenfalls zeigte ich hier erstaunliche Voraussicht, schon als kleines Kind hatte ich hinsichtlich der Studien und des Berufes genug klare Vorahnungen. Von hier aus erwartete ich keine Rettung, hier hatte ich schon längst verzichtet.

Gar keine Voraussicht fast zeigte ich aber hinsichtlich der Bedeutung und Möglichkeit einer Ehe für mich; dieser bisher größte Schrecken meines Lebens ist fast vollständig unerwartet über mich gekommen. Das Kind hatte sich so langsam entwickelt, diese Dinge lagen ihm äußerlich gar zu abseits, hie und da ergab sich die Notwendigkeit daran zu denken; daß sich hier aber eine dauernde, entscheidende und sogar die erbitterteste Prüfung vorbereite, war nicht zu erkennen. In Wirklichkeit aber wurden die Heiratsversuche der großartigste und hoffnungsreichste Versuch Dir zu entgehn, entsprechend großartig war dann allerdings auch das Mißlingen.

Ich fürchte, weil mir in dieser Gegend alles mißlingt, daß es mir auch nicht gelingen wird, Dir diese Heiratsversuche verständlich zu machen. Und doch hängt das Gelingen des ganzen Briefes davon ab, denn in diesen Versuchen war einerseits alles versammelt, was ich an positiven Kräften zur Verfügung hatte, andererseits sammelten sich hier auch geradezu mit Wut alle negativen Kräfte, die ich als Mitergebnis Deiner Erziehung beschrieben habe, also die Schwäche, der Mangel an Selbstvertrauen, das Schuldbewußtsein und zogen förmlich einen Kordon zwischen mir und der Heirat. Die Erklärung wird mir auch deshalb schwer werden, weil ich hier alles in so vielen Tagen und Nächten durchdacht und durchgraben habe, daß selbst mich jetzt der Anblick schon verwirrt. Erleichtert wird mir die Erklärung nur durch Dein meiner Meinung nach vollständiges Mißverstehn der Sache; ein so vollständiges Mißverstehn ein wenig zu verbessern, scheint nicht übermäßig schwer.

Zunächst stellst Du das Mißlingen der Heiraten in die Reihe meiner sonstigen Mißerfolge; dagegen hätte ich an sich nichts, vorausgesetzt daß Du meine bisherige Erklärung der Mißerfolge annimmst. Es steht tatsächlich in dieser Reihe, nur die Bedeutung der Sache unterschätzt Du und unterschätzt sie derartig, daß wir, wenn wir mit einander davon reden, eigentlich von ganz Verschiedenem sprechen. Ich wage zu sagen, daß Dir in Deinem ganzen Leben nichts geschehen ist, was für Dich eine solche Bedeutung gehabt hätte, wie für mich die Heiratsversuche. Damit meine ich nicht, daß Du an sich nichts so Bedeutendes erlebt hättest, im Gegenteil, Dein Leben war viel reicher und sorgenvoller und gedrängter als meines, aber eben deshalb ist Dir nichts Derartiges geschehn. Es ist so wie wenn einer fünf niedrige Treppenstufen hinaufzusteigen hat und ein zweiter nur eine Treppenstufe, die aber so hoch ist wie jene fünf zusammen; der erste wird nicht nur die fünf bewältigen, sondern noch hunderte und tausende weitere, er wird ein großes und sehr anstrengendes Leben geführt haben, aber keine der Stufen, die er erstiegen hat, wird für ihn eine solche Bedeutung gehabt haben, wie für den zweiten jene eine, erste, hohe, für alle seine Kräfte unmöglich zu ersteigende Stufe, zu der er nicht hinauf und über die er natürlich auch nicht hinauskommt.

Heiraten, eine Familie gründen, alle Kinder, welche kommen wollen, hinnehmen, in dieser unsichern Welt erhalten und gar noch ein wenig führen ist meiner Überzeugung nach das Äußerste, das einem Menschen überhaupt gelingen kann. Daß es scheinbar so vielen leicht gelingt, ist kein Gegenbeweis, denn erstens gelingt es tatsächlich nicht vielen und zweitens »tun« es diese Nichtvielen meistens nicht, sondern es geschieht bloß mit ihnen; das ist zwar nicht jenes Äußerste, aber doch noch sehr groß und sehr ehrenvoll (besonders da sich »tun« und »geschehn« nicht rein voneinander scheiden lassen). Und schließlich handelt es sich auch gar nicht um dieses Äußerste, sondern nur um irgendeine ferne, aber anständige Annäherung; es ist doch nicht notwendig mitten in die Sonne hineinzufliegen, aber doch bis zu einem reinen Plätzchen auf der Erde hinzukriechen, wo manchmal die Sonne hinscheint und man sich ein wenig wärmen kann. [. . .]

Franz Kafka: Zur Frage der Gesetze und andere Schriften aus dem Nachlaß in der Fassung der Handschrift. Nach der kritischen Ausgabe hrsg. von Hans-Gerd Koch. Tb 12447. Fischer Taschenbuch Verlag, Frankfurt a. M. 1994, S. 10–12, 16–17, 46–53. Ausschnitte.

II. Kafkas letztwillige Verfügung

1. Max Brods Bericht

(1925)
[...] In Franz Kafkas Nachlaß hat sich kein Testament vorgefunden. In seinem Schreibtisch lag unter vielem andern Papier ein zusammengefalteter, mit Tinte geschriebener Zettel mit meiner Adresse. Der Zettel hat folgenden Wortlaut:

Liebster Max, meine letzte Bitte: Alles, was sich in meinem Nachlaß (also im Buchkasten, Wäscheschrank, Schreibtisch, zu Hause und im Büro, oder wohin sonst irgend etwas vertragen worden sein sollte und Dir auffällt) an Tagebüchern, Manuskripten, Briefen, fremden und eignen, Gezeichnetem und so weiter findet, restlos und ungelesen zu verbrennen, ebenso alles Geschriebene oder Gezeichnete, das Du oder andre, die Du in meinem Namen darum bitten sollst, haben. Briefe, die man Dir nicht übergeben will, soll man wenigstens selbst zu verbrennen sich verpflichten. Dein Franz Kafka.

Bei genauerm Suchen fand sich auch noch ein mit Bleistift geschriebenes, vergilbtes, offenbar älteres Blatt. Es sagt:

Lieber Max, vielleicht stehe ich diesmal doch nicht mehr auf, das Kommen der Lungenentzündung ist nach dem Monat Lungenfieber genug wahrscheinlich, und nicht einmal, daß ich es niederschreibe, wird sie abwehren, trotzdem es eine gewisse Macht hat.

Für diesen Fall also mein letzter Wille hinsichtlich alles von mir Geschriebenen:
Von allem, was ich geschrieben habe, gelten nur die Bücher: Urteil, Heizer, Verwandlung, Strafkolonie, Landarzt und die Erzählung: Hungerkünstler. (Die paar Exemplare der ›Betrachtung‹ mögen bleiben, ich will niemandem die Mühe des Einstampfens machen, aber neu

gedruckt darf nichts daraus werden.) Wenn ich sage, daß jene fünf Bücher und die Erzählung gelten, so meine ich damit nicht, daß ich den Wunsch habe, sie mögen neu gedruckt und künftigen Zeiten überliefert werden, im Gegenteil, sollten sie ganz verlorengehn, entspricht dieses meinem eigentlichen Wunsch. Nur hindere ich, da sie schon einmal da sind, niemanden daran, sie zu erhalten, wenn er dazu Lust hat.

Dagegen ist alles, was sonst an Geschriebenem von mir vorliegt (in Zeitschriften Gedrucktes, im Manuskript oder in Briefen) ausnahmslos, soweit es erreichbar oder durch Bitten von den Adressaten zu erhalten ist (die meisten Adressaten kennst Du ja, in der Hauptsache handelt es sich um ..., vergiß besonders nicht paar Hefte, die ... hat) – alles dieses ist ausnahmslos, am liebsten ungelesen (doch wehre ich Dir nicht hineinzuschaun, am liebsten wäre es mir allerdings, wenn Du es nicht tust, jedenfalls aber darf niemand andrer hineinschauen) – alles dieses ist ausnahmslos zu verbrennen, und dies möglichst bald zu tun bitte ich Dich Franz.

[...]

Franz Kafka: Der Prozeß. Gesammelte Werke. Hrsg. von Max Brod. Taschenbuchausgabe in sieben Bänden, Band 2. Fischer Taschenbuch Verlag, Frankfurt a.M. 1976, S. 224f. Ausschnitt.

2. Heinz Politzer: Sein vorletzter Wille

(1978)

[...] Dora Dymant berichtet, er habe sie im Winter von 1923 auf 1924 gezwungen, einige seiner Arbeiten vor seinen Augen zu verbrennen. Er lag krank zu Bett, als er Dora um den seltsamen Liebesdienst bat. Sie war damals ungefähr zwanzig Jahre alt, in Fragen der Literatur unbewandert und offenbar den Komplikationen nicht ganz gewachsen, die ein Zusammenleben mit Franz Kafka unweigerlich mit sich bringen mußte. Sie liebte den Kran-

ken und war ihm ergeben; so vermochte sie nicht, ihm die Bitte abzuschlagen, und führte aus, was ihr aufgetragen war. Max Brod hingegen, dem Kafka in seinem Testament eine ähnliche, nur unvergleichlich weiterreichende Aufgabe stellte, bot die Gewähr, daß er dem Willen des Freundes radikal zuwiderhandeln würde. [...]
Die Tagebücher bieten Beweismaterial in Fülle dafür, daß Kafka sein Werk tatsächlich vernichtet sehen wollte. Sein hochentwickelter Sinn für alles Vollkommene macht es mehr als wahrscheinlich, daß er der Nachwelt das widerspruchsvolle Bruchwerk seines Nachlasses vorzuenthalten wünschte. [...]
Er konnte nicht vollkommen davon überzeugt sein, daß der Bruchstückcharakter seiner Manuskripte einen ausreichenden Grund für ihre Vernichtung bilde. Er wußte, daß das Fragment zum entscheidenden Merkmal seiner Gesichte und seines Stils geworden war. [...]
So beschaffen war das Dilemma, dem er gegenüberstand, als er sein Testament machte. Da er das Paradox nicht lösen konnte, schob er es von sich ab. Indem er Max Brod zum Testamentsvollstrecker einsetzte, vermochte er auf seiner prinzipiellen Entscheidung zu verharren, daß seine Bücher zu verbrennen wären, während er Menschenkenner genug war, zu wissen, daß diese Entscheidung von Brod mißachtet werden würde.

Heinz Politzer: Franz Kafka. Der Künstler. Suhrkamp Verlag, Frankfurt a. M. 1978. suhrkamp taschenbuch, 433. S. 455–459. Ausschnitte.

3. Helmut Richter: [Kafkas Selbstkritik]

(1962)
[...] In seiner letzten Schaffensperiode gestaltet Kafka die Problematik eines vom Leben entfernten Künstlertums. Er zeigt, wie unbefriedigend und moralisch unhaltbar eine Lebensweise ist, die den Menschen von seiner gesellschaftlichen Umwelt isoliert. Eine Kunst, die auf solcher Grundlage entsteht, kann keine wesentlichen, dem Leben dienen-

den Inhalte vermitteln und hat keine Existenzberechtigung. Ihre Fragwürdigkeit wird vor allem dann offenbar, wenn die Lebensbedingungen des Volkes so schwer geworden sind, daß der Künstler sich nur dann noch verständlich machen und vor ihm bestehen kann, wenn er sich zum Sprecher der Gemeinschaft macht und ihr Leben teilt. Kommt ein Künstler dieser Verpflichtung nicht nach, verurteilt er sich selbst zur Bedeutungslosigkeit. Diese Erkenntnis schließt eine Selbstkritik Kafkas ein, die seine testamentarischen Verfügungen, in denen er die Vernichtung seines Nachlasses anordnete, in bezeichnender Weise kommentiert. [...]

Helmut Richter: Franz Kafka. Werk und Entwurf. Rütten & Loening, Berlin (DDR) 1962, S. 285. Ausschnitt.

4. Hans Mayer: Die letztwillige Verfügung des Dichters

(1962)

[...] Seine Manuskripte sollten verbrannt werden. Man hat bisher vor allem erörtert, ob es richtig war, den Gehorsam zu verweigern und die Manuskripte herauszugeben. Das sollte wohl ernsthaft nicht mehr umstritten werden. Dann ging die Erörterung darum, Ernsthaftigkeit oder seelische Ambivalenz der Anordnung des sterbenden Dichters zu analysieren. Nur eines wurde bisher nicht genau untersucht: die künstlerische Entscheidung, die in dieser letztwilligen Anordnung gefunden werden muß. Sie ist um so evidenter, als Kafka eine klare Selektion vorgenommen hatte: die Romanentwürfe, viele Erzählungen und Aphorismen sollten vernichtet werden; gleichzeitig wurden die Texte des Bandes ›Ein Hungerkünstler‹ mit ›Josefine, die Sängerin‹ als Krönung in Druck gegeben und bis zuletzt in den Druckfahnen korrigiert. Dies deutet auf einen künstlerischen Sonderungsprozeß. Kafka verwarf einen großen Teil seines Werkes, bekannte sich jedoch zur kleinen Zahl der zu Lebzeiten publizierten oder für den Druck vorbereiteten Texte. [...] Manche Prosaarbeiten Kafkas, die er vernichtet sehen wollte, wirken, genau betrachtet, als Ansätze zur Behandlung von Themen, die an anderer Stelle des Werkes, in einer von Kafka für gültig gehaltenen Fassung, zur Form gebracht werden konnten, so daß die mißglückten Ansätze für den Dichter dadurch unerheblich sein durften. [...]

Hans Mayer: Kafka und kein Ende? (Zur heutigen Lage der Kafka-Forschung.) In: Hans Mayer: Ansichten. Zur Literatur der Zeit. Rowohlt, Reinbek bei Hamburg 1962, S. 54–70; hier S. 64. Ausschnitte.

III. Traum, Wirklichkeit und Sinngebung

1. Franz Baumer: Traumwirklichkeit

(1960)

Der junge Kafka machte einmal einen Besuch bei seinem Freund Max Brod, dessen Vater gerade auf dem Sofa lag und durch sein Eintreten aus dem Schlaf geweckt wurde. Statt einer Entschuldigung hebt Kafka behutsam, wie zur Beschwichtigung, die Arme, geht auf Zehenspitzen durch das Zimmer und sagt ganz leise: »Bitte, betrachten Sie mich als einen Traum.«

Ein anderes Mal, als er bereits strenger Vegetarianer geworden war und bei einem Besuch des Berliner Aquariums vor den leuchtenden Glaswänden steht, sagt er zu den Fischen: »Jetzt kann ich euch schon ruhig anschaun, ich esse euch nicht mehr.«

Solche Äußerungen sind bezeichnend für die traumverlorene Sensibilität des Menschen Franz Kafka. [...] Wachend geht Kafka durch einen Traum, »selbst nur ein Spuk vergangener Zeiten«. Doch der Traum ist für ihn Enthüllung tieferer Wirklichkeit. [...]

Franz Baumer: Franz Kafka. Colloquium Verlag, Berlin 1960. Köpfe des XX. Jahrhunderts, 18. S. 5 und 7. Ausschnitte.

2. Kurt Tucholsky: [Also ein Traum?]

(1926)

[...] Also ein Traum? Nichts ist für mein Gefühl verkehrter, als mit diesem verblasenen Wort Kafka fangen zu wollen. Dies ist viel mehr als ein Traum. Das ist ein Tagtraum. [...]

Kurt Tucholsky: Der Prozeß. In: Die Weltbühne. Berlin. Nr. 10 vom 9. März 1926. (Pseudonym: Peter Panter.) Jetzt: Gesammelte Werke, Band 2. Rowohlt, Reinbek 1960, S. 372ff. Ausschnitt.

3. Thomas Mann: [Er war ein Träumer]

(1949)

[...] Er war ein Träumer, und seine Dichtungen sind oft ganz und gar im Charakter des Traumes konzipiert und gestaltet; sie ahmen die alogische und beklommene Narretei der Träume, dieser wunderlichen Schattenspiele des Lebens, zum Lachen genau nach. Aber sie sind erfüllt von einer vernünftigen, wenn auch ironisch-, ja satirisch-vernünftigen, verzweifelt vernünftigen, nach bester Kraft auf das Gute, Rechte und Gottgewollte gerichteten Sittlichkeit, welche sich schon in ihrem gewissenhaft-sachlichen, sonderbar ausführlichen, korrekten und klaren, durch einen genauen und beinahe amtlichen Konservatismus oft geradezu an Adalbert Stifter erinnernden Vortragsstil malt; und die Sehnsucht dieses Träumers ging nicht nach einer irgendwo im Mystischen blühenden ›Blauen Blume‹, sondern nach den »Wonnen der Gewöhnlichkeit«[9]. [...]

Thomas Mann: Dem Dichter zu Ehren. Franz Kafka und ›Das Schloß‹. In: Thomas Mann: Schriften und Reden zur Literatur, Kunst und Philosophie, zweiter Band, S. 375. Das essayistische Werk, Taschenbuchausgabe in acht Bänden, hrsg. von Hans Bürgin. Fischer Bücherei, MK 114, Frankfurt a. M. 1968. Ausschnitt.

4. Friedrich Beißner: [Darstellung seines traumhaften innern Lebens]

(1952)

[...] Das Wort *traumhaft* freilich dürfen wir nicht in einem zu engen Verstande auffassen. Es will nicht besagen, daß es der Dichter ausschließlich mit Vorgängen zu tun hätte, die unter der Schwelle des wachen Bewußtseins wahrgenom-

---

(9) »Das ist eine Formel aus einer Jugendnovelle des Verfassers dieser Zeilen, aus dem ›Tonio Kröger‹, dem Kafka, wie ich von seinem Freunde, Landsmann, Herausgeber und Kommentator Max Brod weiß, eine besondere Sympathie entgegenbrachte [...]« (Thomas Mann).

men werden. Unter den kleineren Erzählungen sind solche, die sich nur in der wirklichen Alltagswelt ereignen. Sie sind aber – obwohl in allem Äußeren sehr genau, eben mit Kafkaischer Beobachtungsgabe und Lust am äußern Detail – von innen her erzählt. [...]

Friedrich Beißner: Der Erzähler Franz Kafka. W. Kohlhammer, Stuttgart 1952. 51 S.; hier S. 30–31. Ausschnitt.

5. Wilhelm Emrich: [Wechselnde Bewußtseinsperspektiven][10]

(1957)

[...] Der universelle Überblick wird also dadurch gewonnen, daß Kafka allen menschlichen Möglichkeiten schrankenlos Raum läßt. Das gilt nicht nur für die Anschauungsformen von Raum und Zeit und die logischen Denkmöglichkeiten, sondern überhaupt für das gesamte bewußte und unterbewußte Dasein des Menschen. Auch alle Traumbilder, alle vor- oder unterbewußten Sphären des Menschen werden entfesselt und mischen sich bruchlos in den reißenden ›Fluß‹ der Erscheinungen und Vorstellungen. Krasse erotische Szenen, wie sie in Träumen auftreten, alle vom sog. normalen Alltagsleben unterdrückten Wunschbilder, Schuld- und Angstgefühle tauchen offen ans Licht, erhalten notwendigerweise Zutritt und Einlaß in eine Darstellung, die das ›ganze‹ Leben umgreift. Auch in diesem Sinne war Kafka ›Naturalist‹. Stand er zudem doch frühzeitig unter dem starken Einfluß der psychoanalytischen Traumforschung Sigmund Freuds.

Und wie sich im Inneren der menschlichen Vorstellungs- und Traumwelt Räume und Zeiten vertauschen und beliebig umwandeln können, so kann auch in Kafkas Dichtung konsequent – je nach den seelischen Wirklichkeiten der inneren Welt – die Raum- und Zeitordnung des normalen

(10)* Einzelanmerkungen Emrichs werden hier nicht zitiert.

Alltagsbewußtseins sich ändern je nach wechselnden Bewußtseinsperspektiven. [...]
Dennoch unterscheidet sich Kafka grundlegend von der Gestaltungsweise und Intention naturalistischer Dichter. Er ahmt nicht etwa wie die psychoanalytische Assoziationstechnik moderner Romanautoren die Vorgänge des Unterbewußten einfach nach in Gestalt ›innerer Monologe‹ oder sog. ›automatischer Diktate des Unterbewußten‹. D.h., er registriert nicht einfach Träume, wie sie ›wirklich‹ sich abspielen oder abspielen könnten. Und er teilte auch nicht die Meinung psychoanalytischer Ärzte oder Dichter, das Seelenleben durch Traumanalysen restlos aufhellen und seelische Krankheiten durch sie in der Wurzel heilen zu können. Denn für ihn waren alle körperlichen und seelischen Krankheiten selbst wieder begründet in einer einzigen Krankheit, die im ›Wesen‹ des Menschen ›vorgebildet‹ ist, dessen ›Not‹ darin bestehe, nirgends ›wirklichen Boden fassen‹, absolute Gewißheit finden zu können, woraus die Flucht in die Neurose usw. letztlich entspringe. [...]
Die psychoanalytische Durchleuchtung des Seelenlebens bedeutet daher für Kafka die Herrschaft einer begrenzten, rationalen Methode über die Welt des Unterbewußten und ruft damit eine neue Fälschung der *ganzen* menschlichen Wahrheit und Wirklichkeit hervor. Die psychoanalytische Möglichkeit, das Unterbewußte in den ›Griff‹ zu bekommen, führt zur technischen Manipulation des Seelenlebens. D.h., das letzte Refugium, das dem Menschen in einer verendlichten, technisierten Wirklichkeit blieb, verfällt selbst der technokratischen Herrschaft, wird ›Gegenstand‹, der beliebig nach Zwecken gelenkt, eingesetzt, berechnet, zum gebrauchsfähigen Organ der Gesellschaft gemacht werden kann. Die ursprüngliche Humanisierung, die in Sigmund Freuds Forschungen und Heilungsversuchen lag, schlägt um in Enthumanisierung. Die Heilung wird zur schönen Lüge. Der von seinen Krisen befreite Patient wird zum leeren, willigen Objekt der Gesellschaft, in die er sich krisenlos, d.h. ohne Widerstand einfügt. Auch hier verdeckt der Schein des ›Glücks‹ das Leid, die Verstümmelungen, die in Wahrheit dem Menschen angetan werden. Und

dieses Leid – darin liegt die eigentliche Entmenschung – wird dem Glücklichen selber nicht mehr bewußt.
Erst jetzt wird die Überlegenheit der Dichtungen Kafkas eindringlich offenbar. Erst jetzt tritt der Sinn der merkwürdigen Tatsache ans Licht, daß bei Kafka keiner mehr den anderen ›versteht‹, daß die entscheidenden Wahrheiten dem von solchen Wahrheiten Betroffenen selbst unbekannt bleiben, nicht mehr ins Bewußtsein zu gelangen vermögen. Wie selbst der junge Galeriebesucher »weint, ohne es zu wissen«, wie ihn das Leid anrührt, ihm selber verborgen, so bleiben durchweg bei Kafka den Menschen ihre eigensten Wahrheiten verhüllt. [...]

Wilhelm Emrich: Franz Kafka. Athenäum Verlag, Frankfurt a. M., Bonn [7]1970, S. 37–39. Ausschnitte.

IV. ›Auf der Galerie‹ – Interpretationsmodelle

1. Franz Kafka: Von den Gleichnissen

(1920/22)

Viele beklagen sich, daß die Worte der Weisen immer wieder nur Gleichnisse seien, aber unverwendbar im täglichen Leben, und nur dieses allein haben wir. Wenn der Weise sagt: »Gehe hinüber«, so meint er nicht, daß man auf die andere Seite hinübergehen solle, was man immerhin noch leisten könnte, wenn das Ergebnis des Weges wert wäre, sondern er meint irgendein sagenhaftes Drüben, etwas, das wir nicht kennen, das auch von ihm nicht näher zu bezeichnen ist und das uns also hier gar nichts helfen kann. Alle diese Gleichnisse wollen eigentlich nur sagen, daß das Unfaßbare unfaßbar ist, und das haben wir gewußt. Aber das, womit wir uns jeden Tag abmühen, sind andere Dinge.

Darauf sagte einer: »Warum wehrt ihr euch? Würdet ihr den Gleichnissen folgen, dann wäret ihr selbst Gleichnisse geworden und damit schon der täglichen Mühe frei.«

Ein anderer sagte: »Ich wette, daß auch das ein Gleichnis ist.«

Der erste sagte: »Du hast gewonnen.«

Der zweite sagte: »Aber leider nur im Gleichnis.«

Der erste sagte: »Nein, in Wirklichkeit; im Gleichnis hast du verloren.«

Franz Kafka: Die Erzählungen. S. Fischer Verlag, Frankfurt a. M. 1961, S. 328.

2. Dietrich Krusche: [Aspektverschiebung]

(1974)

[...] Kafka hat, als er sich der souveränen Verfügungsmacht über die seinen Erzählintentionen angemessenen erzählerischen Mittel bewußt war, gerade mit den Möglich-

keiten, die in leichten Verschiebungen des Aspekts liegen, Verschiebungen etwa innerhalb verschiedener Bewußtseinsbereiche und Wesensschichten ein und derselben Figur, bravourös gespielt. Ein Kabinettstück der Anwendung dieser Möglichkeiten ist die Erzählskizze ›Auf der Galerie‹. [...]
So wird durch den erzählerischen Kunstgriff der Aspektverschiebung innerhalb einer Subjektivität die Erscheinungswelt als derart uneindeutig erstellt, daß sich die Alternativen der Erfahrung nicht einmal innerhalb ein und desselben Ich miteinander vermitteln lassen – die Möglichkeit der Vermittlung der Erfahrungen, die mehrere Subjekte von ein und demselben Vorgang haben, bleibt völlig außer Betracht. [...]

Dietrich Krusche: Kafka und Kafka-Deutung: Die problematisierte Interaktion. Wilhelm Fink Verlag, München 1974. Kritische Information, 5. S. 27–29. Ausschnitte.

3. Wilhelm Emrich: [Kafkas merkwürdige Verfremdungen]

(1957)

[...] An diesem Beispiel wird der Sinn von Kafkas merkwürdigen Verfremdungen ganz klar: Seine Durchbrechungen der normalen raumzeitlichen Anschauungs- und Vorstellungswelt dienen der Enthüllung, dem Offenbarwerden der vollen Wahrheit und haben damit zugleich ›rettende‹, humanisierende Bedeutung, zum mindesten im Sinne eines ethischen Postulats. Sie sind keine Verzeichnungen der Wirklichkeit, sondern ihre Wiederherstellung bzw. ihre volle Aufdeckung. Kafka war ›Realist‹ in einem universelleren Sinne als die Naturalisten. Gustav Janouch gegenüber bezeichnete sich einmal Kafka als »ein sehr mittelmäßiger, stümperhafter Abzeichner« der »alltäglichen« Wirklichkeit. Er »praktiziere« keine »Wunder in gewöhnliche Vorgänge hinein«. Dieser Anschein entstehe nur dadurch, daß »die Menschen die Augen ... schließen

… und so wenig … sehen«. Die unverstellte »Abzeichnung« der Wirklichkeit war sein Ziel. Seine Kunst bedeutete eine Steigerung des Naturalismus, nicht seine Aufhebung. […]

Wilhelm Emrich: Franz Kafka. Athenäum Verlag, Frankfurt a. M., Bonn ^{7}1970, S. 36. Ausschnitt.

4. Heinz Politzer: [Das einzige menschliche Wesen in einer Puppenkomödie]

(1962)

[…] In seiner schönen Arbeit über ›Kafka und die Kunstgeschichte‹ hat Heinz Ladendorf darauf hingewiesen, daß Georges Seurats Gemälde ›Le Cirque‹ von 1890/91 geradezu als eine Illustration zu Kafkas Erzählung wirkt, in der »Lüge und Leid, Schönheit und greller Kitsch so erschreckend dicht zusammengezwungen sind als eine unauflösliche und allgegenwärtig quälende Unwahrhaftigkeit, als ein Bild der Trauer des Lebens«.[11] Es ist jedoch zweifelhaft, ob Kafka das Bild gekannt hat. Auf alle Fälle drängt sich uns die Beobachtung auf, daß er die Zirkusatmosphäre weitgehend entsentimentalisiert hat. Die Kunstreiterin wird dem Leser in einem langen und weitgeschwungenen Satze vorgeführt, der den Akt, den er beschreibt, in Sprache selbst zu übersetzen scheint. Die Reiterin hingegen ist eine seelenlose »Automate«, die der Phantasie E.T.A. Hoffmanns entsprungen sein könnte. Auch die Zuschauer, deren Hände »eigentlich Dampfhämmer sind«, stellen nichts anderes als Automaten dar. In einem zweiten Satz jedoch, der dem ersten zu widersprechen scheint, fliegt anstelle der proletarischen Zirkuskünstlerin »eine schöne Dame, weiß und rot« in die Manege, worauf sich im Akt der Kunstreiterin selbst nicht das geringste ändert. Nur die Form der Darbietung hat sich

---

(11) Heinz Ladendorf: Kafka und die Kunstgeschichte. Wallraf-Richartz-Jahrbuch XXIII (1961), S. 304f.

verfeinert und mit ihr die Kadenz von Kafkas Sprache. Das verfeinerte Arrangement hinwiederum läßt den Marionettencharakter der Szene noch deutlicher hervortreten. So kommt es auch, daß der jugendliche Besucher nicht mehr von der Galerie herabstürzt, um das Karussell der Darbietung mit einem »Halt!« zum Stillstand zu bringen, sondern daß er, »wie in einem schweren Traum versinkend, weint ..., ohne es zu wissen«. Gerade weil sich ihm die Tränen unbewußt entringen, scheint er zu ahnen, daß er das einzige menschliche Wesen in einer universalen Puppenkomödie ist, die von Puppenreiterinnen auf Puppenpferden zur Unterhaltung der Puppen im Zuschauerraum gespielt wird. [...]

Heinz Politzer: Franz Kafka. Der Künstler. Suhrkamp Verlag, Frankfurt a. M. 1978. suhrkamp taschenbuch, 433. S. 156–157. Ausschnitt.

5. Werner Zimmermann: [Erfühlendes Verständnis]

(1957)

[...] In beiden Abschnitten wird im Grund derselbe Vorgang erzählt, aber gleichsam unter entgegengesetzten Vorzeichen und in gegensätzlicher Atmosphäre: Was im ersten Abschnitt unter dem grausamen Zwang eines brutalen Managers und eines rasenden Publikums geschieht, wird im zweiten zu einem erhebenden, von der fürsorglichen Liebe des Direktors und den Huldigungen des Publikums begleiteten Schauspiel der Kunstfertigkeit eines schönen, vom Glück verwöhnten Menschen. Im ersten Fall ist von der Möglichkeit die Rede, daß ein Galeriebesucher dem teuflischen Spiel durch sein Dazwischentreten Einhalt gebieten würde, im zweiten aber stimmt derselbe Galeriebesucher dem erfreulichen Vorgang nicht etwa, wie man erwarten sollte, freudig zu, sondern wendet sich ab und weint.

Ganz abgesehen davon, daß dieses Verhalten des Galeriebesuchers unverständlich erscheint, wird der Leser, der nur den sinnfälligen Vorgang im Auge behält, sich vergeblich bemühen, ihm einen Sinn zu verleihen. Diesem Sinn können wir uns nur nähern, wenn wir den Inhalt zur *Darstellungsweise* in Beziehung setzen, um so ihre symbolische Funktion zu erhellen. Schon beim ersten oberflächlichen Eindruck, den wir von der Sprachform empfangen, fällt uns die sprachliche Zweischichtigkeit auf, die dem zweigliedrigen Inhalt entspricht. Auch hier finden sich in beiden Abschnitten teils übereinstimmende, teils gegensätzliche Züge.

Die beiden langen Perioden, die die Abschnitte ausfüllen, sind insofern gleich gebaut, als sie aus einem vielfach gegliederten Vordersatz und einem durch eine scharfe Zäsur getrennten Nachsatz bestehen, wobei in dem Vordersatz das Geschehen in der Manege, im Nachsatz aber das Verhalten des Galeriebesuchers Gegenstand der Aussage ist. Während aber die Periode des ersten Abschnitts durch die einleitende Konjunktion »wenn«, durch den irrealen Konjunktiv, das Unbestimmtheitspronomen »irgendein« und das »vielleicht« des Nachsatzes einen hypothetischen Charakter erhält, beginnt die zweite Periode mit der kategorischen Feststellung »Da es aber nicht so ist«, mit der Bestimmtheit eines kausalen Bezugs also, dem durch seine Wiederholung zu Beginn des Nachsatzes besonderer Nachdruck verliehen wird. Es ergibt sich also aus der Betrachtung der Syntax der Gegensatz zwischen gedachter oder geistiger und geschauter oder sinnlicher Wirklichkeit. Da indessen auch die Bilder des ersten Abschnitts auf die konkrete Wirklichkeit bezogen sind, müssen wir vielleicht genauer sagen: Es geht in den beiden Abschnitten um den Gegensatz zwischen geistig und sinnlich geschauter Wirklichkeit oder, mit anderen Worten, um den Gegensatz von Vision und Anschauung.

Eine Untersuchung der bevorzugten Wortarten vertieft diese Erkenntnis. Charakteristisch für die erste Periode ist die Verwendung des satzwertigen Partizips Präsens: auf dem Pferde schwirrend, in der Taille sich wiegend, nicht aussetzend, neu anschwellend, immer sich anpassend.

Dieser eigentümlichen Zwischenform zwischen Verb und Adjektiv kommt im Deutschen die bedeutsame Fähigkeit zu, etwas Unwirkliches, Schwebendes, ins ›Offene‹, in den ›anderen Bezug‹ Verweisendes auszudrücken. [...] Stets ist hier das Partizip Präsens als Träger weit ausgreifender Fügungen verwandt. Demgegenüber erscheint es im zweiten Abschnitt meist rein adjektivisch und fungiert weder als Träger des Sinns noch der syntaktischen Fügung. Eine bezeichnende Ausnahme bildet der Nachsatz, in dem es – nun freilich von dem Galeriebesucher! – heißt: »im Schlußmarsch wie in einem schweren Traum versinkend«. Auch hier führt uns die unmittelbare Aussage ausdrücklich ins weite, offene Reich des Traumhaften.

Mit der syntaktischen Gliederung in engem Zusammenhang steht der Rhythmus. Die Gegensätzlichkeit der beiden Abschnitte kommt hier schon durch die Interpunktion zum Ausdruck: Während die Glieder des ersten Vordersatzes durch Kommas abgetrennt sind, werden die des zweiten durch Strichpunkte geschieden. In der Tat verlangt auch ein sinngemäßes Lesen im zweiten Vordersatz längere Einschnitte zur Vergegenwärtigung dieser im zeitlichen Nacheinander abrollenden Bilderfolge (vgl. das zweimalige »schließlich«!), während im ersten Vordersatz ein bei aller Gliederung gleichzeitiges Geschehen (vgl. »begleitet von ...«!) abläuft. So steht der schwebende und zugleich unaufhaltsam vorwärts drängende Rhythmus des ersten Vordersatzes in wirkungsvollem Gegensatz zu dem gestauten Rhythmus des zweiten. Umgekehrt verhält es sich jedoch mit dem Nachsatz. Hier liegt der entscheidende Einschnitt der ersten Periode nicht zwischen Haupt- und Gliedsatz, sondern innerhalb des Hauptsatzes nach dem Ruf »Halt!«, der nicht nur die in der Menge sichtbare, sondern auch in der Sprache hörbare Bewegung aufhält, während im zweiten Abschnitt die rhythmische Hauptzäsur mit der syntaktischen zusammenfällt: Dem gestauten Rhythmus des Vordersatzes folgt der schwebende des Nachsatzes. Was uns die Häufung des verbundenen Partizips Präsens schon anzeigte, bestätigt uns der Rhythmus: Am Schluß des zweiten Abschnitts wird die Ebene der sinnfälligen Wirklichkeit verlassen, der Galeriebesucher vergißt die Welt um sich, ja sein eigenes Tun – »er weint, ohne es zu wissen« –, und sucht Zuflucht in eben jenem Reich des Irrealen, Traumhaft-Visionären, in das uns schon der erste Abschnitt geführt hatte.

Die Betrachtung der sprachlichen Form hat uns so gezeigt, wie der Erzähler ebenso wie der Galeriebesucher die ›reale‹ Welt meidet und sich in die Welt des Traums und der Vision versenkt. Sie aber ist für den Dichter die *eigentliche* Welt, dies wird im ersten Abschnitt sehr deutlich, wenn von den Händen die Rede ist, »die *eigentlich* Dampfhämmer sind«. Durch dieses »eigentlich« wird die vordergründige Wirklichkeit ausdrücklich aufgehoben zugunsten der visionär geschauten. [...]

Der zweite Abschnitt zeigt im Grunde denselben Vorgang, aber die Perspektive ist eine ganz und gar andere: Sie ergibt sich geradezu aus der Negation des im ersten Abschnitt Erzählten. Die in der Vision geschaute eigentliche Wirklichkeit wird durch die Illusion des schönen Scheins verdeckt, den der ›normale‹ Mensch nicht zu durchschauen vermag und den er darum für die wahre Wirklichkeit hält, weshalb denn auch für diese Perspektive folgerichtig der Indikativ als die ›Wirklichkeitsform‹ gewählt ist. In dieser Sicht erscheint zwangsläufig das wahre Elend als Glück, die wahre Hinfälligkeit als Schönheit, die erbarmungslose Grausamkeit als hingebungsvolle Fürsorglichkeit. Betrachten wir die Zirkuswelt wieder als Gleichnis für die Welt der Kunst, so wird im Vergleich mit dem ersten Abschnitt deutlich, daß der äußere Prunk, der würdelose Kult, den der Direktor mit der Kunstreiterin treibt, das Wesen der echten Kunst verfehlt, ja sie an ihrer Vervollkommnung [...] geradezu hindert.

Die einzige Gestalt, die sich vom Verhalten der Menge deutlich abhebt, ist jener junge Galeriebesucher, der das unmenschliche Treiben in der Manege »Welt« aufhalten könnte und der ob der schönen Täuschung in dieser Welt »weint«, »ohne es zu wissen«. Diese Reaktion läßt eindeutig erkennen, daß ihn nicht der Begeisterungstaumel der Menge erfaßt, sondern das Elend der Kunstreiterin

anrührt, ohne daß ihm freilich die eigene Betroffenheit bewußt würde. [...]
Der Galeriebesucher selbst kann, wie es scheint, den in seiner Existenz gefährdeten Menschen nicht mit Sicherheit retten, das Leid der Welt nicht verhindern, aber der Erzähler kann dem Leser die Augen für die Wahrheit öffnen und ihm das Maß seiner Verantwortung bewußtmachen, damit *er* das Halt in die Manege rufe. [...]

Werner Zimmermann: Auf der Galerie (1919). In: Werner Zimmermann: Deutsche Prosadichtungen unseres Jahrhunderts. Interpretationen für Lehrende und Lernende. Band I. Pädagogischer Verlag Schwann, Düsseldorf ²1971, S. 199–205. Ausschnitte.

6. Kurt Weinberg: [Der Galeriebesucher als Christusfigur]

(1963)

[...] Hier wird im ersten Paragraphen kurz die Möglichkeit eines messianischen Eingreifens erwogen, das dem monatelang ununterbrochenen Ritt der hinfälligen Kunstreiterin ein Ende bereiten könnte. [...] Die mirakulöse Rettung erscheint hier als eine alle Einwände überwältigende, mit triumphierendem Fanfarenklang angekündigte Hoffnung; diese wird jedoch sofort durch das einschränkende »vielleicht«, unmittelbar an den Anfang des Satzes gestellt, abgedämpft. Der Erlösung versprechende »Galeriebesucher« ist offensichtlich eine Christusfigur. Hierauf weist schon der Begriff *Galerie* hin. [...] Der »junge Galeriebesucher« – der jüngst aus Galiläa gekommene Besucher – entpuppt sich somit nicht als rechtmäßiger Einwohner der Galerie, des Paradieses, sondern als bloßer Zuschauer, der auch nur vorübergehend und anonym, als zahlender Gast auf der Galerie, im Paradies geduldet wird. Er möchte gern »die lange Treppe durch alle Ränge hinab« laufen, tut es aber nicht: ein Hinweis auf die mögliche, aber wohl nie verwirklichte Menschwerdung des Göttlichen, auch auf das Heruntereilen vom Berge Sinai, womöglich mit den Tafeln des neuen Gesetzes. Die schwindsüchtige, von ihrem Chef

(Gott) erbarmungslos durch die Manege (von italienisch »maneggio, maneggiare« = »Handhabung, handhaben«) getriebene Kunstreiterin steht mit ausgebreiteten Armen (Kreuzsymbol) auf dem (apokalyptischen) Apfelschimmel. [...]

Kurt Weinberg: Kafkas Dichtungen. Die Travestien des Mythos. Francke, Bern, München 1963, S. 46. Ausschnitte.

7. Autorenkollektiv: [Die Auseinandersetzung des Dichters mit der Welt]

(1974)

[...] »Der Kapitalismus«, sagte Kafka, »ist ein System von Abhängigkeiten, die von innen nach außen, von außen nach innen, von oben nach unten und von unten nach oben gehen. Alles ist abhängig, alles ist gefesselt. Kapitalismus ist ein Zustand der Welt und der Seele.«[12] Dies führt mit Notwendigkeit zu nihilistischen, ironisch-absurden oder idealistisch-religiösen Konsequenzen, wenn aus Gründen der Bindung an bürgerliche Positionen der Anschluß an die wirklich zukunftsbildenden Kräfte der Demokratie und des Sozialismus nicht gefunden, die abgelehnte Gesellschaft nicht in ihren sozialen Antagonismen und in ihrer historischen Überfälligkeit erkannt, ihr Bild vielmehr von den wirklichen Widersprüchen, vom Klassenkampf ›gereinigt‹ wird. Die Auseinandersetzung des Dichters mit der Welt bleibt unter diesen Umständen dabei stehen, daß er das, was ihn quält, im bedeutungsträchtigen Bild ideologisch verdoppelt. Umgekehrt erscheint das, was er als menschliches Wesen bemerkt, nur als abstrakte Glaubensmöglichkeit ohne näheren Inhalt, als ungestaltbarer Schimmer, als ungefähres Richtmaß oder als mystische Ferne. Das Schuldbewußtsein und das plötzlich losbrechende strafende Verhängnis wird dadurch metaphysisch und deshalb auch

(12) Gustav Janouch: Gespräche mit Kafka. Erinnerungen und Aufzeichnungen. Frankfurt a.M. 1951, S. 90.

niemals recht einsehbar. Das quälende Gefühl, das sich bei der Kafka-Lektüre einstellt, ergibt sich nicht zuletzt hieraus. [. . .]

Geschichte der deutschen Literatur vom Ausgang des 19. Jahrhunderts bis 1917. Von einem Autorenkollektiv unter Leitung von Hans Kaufmann unter Mitarbeit von Silvia Schlenstedt. (Geschichte der deutschen Literatur von den Anfängen bis zur Gegenwart. Neunter Band.) Volk und Wissen Volkseigener Verlag, Berlin (DDR) 1974, S. 456–457. Ausschnitt.

8. Hartmut Böhme: Die Erfahrung von Entfremdung

(1981)

[. . .] Damit zeichnet sich das Grundschema der Kafkaschen Welt ab. Der Einzelne erscheint immer im Zustand der Ohnmacht gegenüber der Allmacht der Institution. Doch ist er emotional auf diese fixiert: sowohl in der Angst, von ihr zerstört, wie in der Sehnsucht, von ihr aufgenommen zu werden. Diese Ambivalenz entspricht soziologisch der Stellung des Subjekts in den industriellen und bürokratischen Superorganisationen der modernen Gesellschaft: Diese bekommen projektiv Züge einer Allmacht, die sich im Subjekt ambivalent als Angst vor Selbstverlust sowohl wie Sehnsucht nach Versorgtwerden äußert. Dieser Selbstentfremdung korrespondiert die ›Mythisierung‹ der Gesellschaft. Das Werk Kafkas weckt eine Ahnung davon, daß das Verhältnis des Menschen zu seinen Objekten im organisierten Kapitalismus kein rationales mehr ist, sondern auf historisch und ontogenetisch[13] frühe Objektbeziehungsformen zurückgeht. Kafka ist damit an die tiefsten Schichten seiner in der kapitalistischen Welt verankerten Lebensgeschichte herangekommen. Sein Werk schildert den Zwangszusammenhang einer Gesellschaft, die ihre Herrschaft gerade in den unbewuß-

(13)* die Entwicklung des Individuums betreffend.

ten Ängsten und im verblendeten Bewußtsein der Individuen befestigt. Solange aber eine solche psychische und ideologische Verblendung fortbesteht, ist der Mensch – und wie anders als im Interesse der Herrschenden – um die Möglichkeit der Autonomie gebracht. Nirgends zeigt sich dies komprimierter als in der Parabel ›Auf der Galerie‹ (1919). [...]

Hartmut Böhme: Geschichte und Gesellschaft im bürgerlichen Roman. In: Sozialgeschichte der deutschen Literatur von 1918 bis zur Gegenwart. Fischer Taschenbuch Verlag, Frankfurt a. M. 1981. Fischer Taschenbücher, 6475. S. 261–358; hier S. 283. Ausschnitt.

Literaturhinweise

Bibliographien

Hemmerle, Rudolf: Franz Kafka. Eine Bibliographie. Robert Lerche, München 1958.

Järv, Harry: Die Kafka-Literatur. Eine Bibliographie. Bo Cavefors, Malmö, Lund 1961.

Flores, Angel: A Kafka Bibliography. 1908–1976. Gordian Press, New York 1976.

Forschungsberichte

Beiken, Peter U.: Franz Kafka. Eine kritische Einführung in die Forschung. Athenäum, Frankfurt a.M. 1974. (Fischer Athenäum Taschenbücher, Literaturwissenschaft, 2014.)

Mayer, Hans: Kafka und kein Ende? (Zur heutigen Lage der Kafka-Forschung.) In: H. Mayer: Ansichten. Zur Literatur der Zeit. Rowohlt, Reinbek bei Hamburg 1962, S. 54–70.

Gesamtdarstellungen

Baumer, Franz: Franz Kafka. Colloquium Verlag, Berlin 1960. (Köpfe des XX. Jahrhunderts, 18.)

Binder, Hartmut: Kafka-Kommentar zu sämtlichen Erzählungen. Winkler, München ^{2}1977.

Binder, Hartmut: Kafka-Kommentar zu den Romanen, Rezensionen, Aphorismen und zum Brief an den Vater. Winkler Verlag, München 1976.

Brod, Max: Franz Kafka. Eine Biographie. Fischer, Frankfurt a.M. 1963. (Fischer Bücherei, 552.)

Brod, Max: Über Franz Kafka. Fischer, Frankfurt a.M. 1966. (Fischer Bücherei, 735.)

Emrich, Wilhelm: Franz Kafka. Athenäum Verlag, Frankfurt a.M., Bonn ^{7}1970.

Heintz, Günter (Hrsg.): Zu Franz Kafka. Klett-Cotta, Stuttgart 1979. (LGW, 42.)

Hermsdorf, Klaus: Kafka. Weltbild und Roman. Rütten & Loening, Berlin 1961.

Janouch, Gustav: Franz Kafka und seine Welt. Eine Bildbiographie. Hans Deutsch, Wien, Stuttgart, Zürich 1965.
Janouch, Gustav: Gespräche mit Kafka. Fischer, Frankfurt a.M. 1961. (Fischer Bücherei, 417.)
Politzer, Heinz: Franz Kafka. Der Künstler. Suhrkamp, Frankfurt a.M. 1978. (suhrkamp taschenbuch, 433.)
Richter, Helmut: Franz Kafka. Werk und Entwurf. Rütten & Loening, Berlin (DDR) 1962.
Sokel, Walter H.: Franz Kafka. Tragik und Ironie. Langen/Müller, München, Wien 1964. (Auch: Fischer Bücherei, 1790.)
Urzidil, Johannes: Da geht Kafka. Artemis, Zürich, Stuttgart 1965. (Erweiterte Lizenzausgabe: Deutscher Taschenbuch Verlag, München 1966, dtv, 390.)
Wagenbach, Klaus: Franz Kafka in Selbstzeugnissen und Bilddokumenten. Rowohlt, Reinbek bei Hamburg 1964. (Rowohlts Monographien, 91.)
Walser, Martin: Beschreibung einer Form. Versuch über Franz Kafka. Hanser, München [2]1963.
Franz Kafka – Kritik und Rezeption zu seinen Lebzeiten. 1912–1924. Hrsg. von Jürgen Born unter Mitwirkung von Herbert Mühlfeit und Friedemann Spicker. Fischer, Frankfurt a.M. 1979.

Zeittafel zu Leben und Werk

1883	3. Juli: Franz Kafka als Sohn des jüdischen Kaufmanns Hermann Kafka und seiner Frau Julie, geb. Löwy, in Prag geboren. Zwei früh verstorbene Brüder, Georg und Heinrich; drei Schwestern, Elli (1889), Valli (1890) und Ottla (1892).
1889–1893	Volksschule am Fleischmarkt.
1893–1901	Besuch des Altstädter Deutschen Gymnasiums im Kinsky-Palais am Altstädter Ring, wo sich auch das Geschäft des Vaters befand. Häufiger Wohnungswechsel der Familie.
1901–1906	Jura-Studium an der Deutschen Universität in Prag; Promotion zum Dr. jur. Beginn der Freundschaft mit Max Brod.
1904–1905	Entstehung der Novelle »Beschreibung eines Kampfes«.
1907	Entstehung des Romanfragments »Hochzeitsvorbereitungen auf dem Lande«.
1907–1908	Nach der Rechtspraxis Eintritt in die Versicherungsgesellschaft »Assicurazioni Generali«.
1908	Wechsel zur »Arbeiter-Unfall-Versicherungs-Anstalt für das Königreich Böhmen in Prag«, Beamter dort bis 1922.
1909	Erste Veröffentlichung kleiner Prosa; Tagebuchschreiben.
1909–1914	Verschiedene Reisen nach Italien, Frankreich, Deutschland und der Schweiz.
1910–1911	Jiddische Schauspieltruppen in Prag; Jizchak Löwy.
1912	Entstehung des Romans »Der Verschollene« (»Amerika«) (bis 1914). Kennenlernen der Berlinerin Felice Bauer. »Das Urteil« und »Die Verwandlung« entstehen.
1913	Buchausgabe »Betrachtung«, »Der Heizer«; Veröffentlichung »Das Urteil«; intensiver Briefwechsel mit Felice.
1914	Im Mai Verlobung mit Felice, Entlobung im Juli. Beginn des Romans »Der Prozeß« und der Erzählung »In der Strafkolonie«.
1915	Fontane-Preis; Buchausgaben »Die Verwandlung« und »Das Urteil« (1916); Wiederauflagen »Betrach-